霜叶红于二月花

陈孙华 著

海峡出版发行集团 | 海峡文艺出版社

图书在版编目(CIP)数据

霜叶红于二月花/陈孙华著. －福州:海峡文艺出版社,2019.7(2024.3重印)
ISBN 978-7-5550-1944-2

Ⅰ.①霜… Ⅱ.①陈… Ⅲ.①散文集－中国－当代 Ⅳ.①I267

中国版本图书馆 CIP 数据核字(2019)第 147564 号

霜叶红于二月花

陈孙华 著

出 版 人 林 滨
责任编辑 林可莘
出版发行 海峡文艺出版社
经 销 福建新华发行(集团)有限责任公司
社 址 福州市东水路 76 号 14 层
发 行 部 0591－87536797
印 刷 三河市兴博印务有限公司
厂 址 河北省廊坊市三河市杨庄镇大窝头村西
开 本 787 毫米×1092 毫米 1/16
字 数 150 千字
印 张 12.25
版 次 2019 年 7 月第 1 版
印 次 2024 年 3 月第 2 次印刷
书 号 ISBN 978-7-5550-1944-2
定 价 62.00 元

如发现印装质量问题,请寄承印厂调换

写美文如烹小鲜

袁勇麟

陈孙华先生是我的前辈乡贤，是闽东灵山秀水养育出的文人雅士。受其嘱托，为他即将出版的作品集《霜叶红于二月花》作序。对我而言，这是一件十分荣幸的事。

如同有幸受邀品尝一席陈氏美味佳肴，这部集子，我是一口气品赏下来。集子中诸篇目简短精致而又丰富多元，令人既饱口福又不觉油腻，无论从色香味还是从营养健康的角度考量，这席"盛宴"都可谓样样俱佳，恰到好处。如果从题材、内容或者写作手法上看，这部集子同样格外精彩，可谓有声有色，令人回味无穷。

有感于《霜叶红于二月花》的整体布局和写作特征，我想从品尝美食的角度谈谈我的具体感受。这部集子就像一碟一碟的"流水席宴"，一碟美食刚品尝完，下一碟翩然而至，让人心情畅快又格外满足。中国的饮食文化博大精深，其中就有传统名宴"流水席"。"流水席"自唐朝始，至今已有1400年。"流水席"菜品繁多，菜序是前八品、四镇桌、八大件、四扫尾，共24道菜，冷八热十六。何以叫"流水席"？缘由大致有二：一是全部菜肴皆有汤，汤汤水水；二是吃完一道上一道，接连不断。"流水席"取材并不名贵，却格外

丰富多样，萝卜、白菜、山药、淀粉等，都是老百姓日常看得见、摸得着、吃得起的家常食物，做出的味道却鲜美异常，超乎想象，令人流连忘返，算是普通百姓的"满汉全席"吧！陈先生这部作品集，堪称文学场域中的"流水席"，是来自闽东家乡的"文化小吃"。但这"流水席"不是用来吃的，而是用来全身心享受的，是充满趣味、充满愉悦的精神食粮。

现代著名学者、散文家钱歌川说过："最上乘的小品文，是从纯文学的立场，作生活的记录，以闲话的方式，写自己的心情，其特征第一是要有人性，其次要有社会性，再次要能与大自然调和。静观万物，摄取机微，由一粒沙子中间来看世界。"以此衡量，《霜叶红于二月花》也达到了"一粒沙里看世界，半瓣花上说人情"的境界。

与传统佳肴"水席"相比，这道名为《霜叶红于二月花》的文化小吃集锦，可谓风味独特，别具一格，充满丰富、精致、深沉、通达的精神内涵。"水席"冷热一共24道菜，用料普通，数量不逾十几种，而陈先生的笔下却远远不止这个数量。我看它的"菜样"至少不下四五十种。有雪、霜、冰、冰雹、露、雨、云、雾、霭、气、虹、霞、水、风、烟、瘴气、色、味、天、地、日、月、星、雷、电、土、山、石、沙、尘、潭、溪、沟、井、洼、洞、穴、坑、壑、隙……这些"用料"之丰富、之天然、之独特，已远远超越家乡一隅的地理疆域，远达中国的广袤四野，甚至天地宇宙。这也间接地说明，作者的文化品位是海纳百川的，是微观中含有宏观的，是融贯古今的，甚至可以说，书中所反映出的文化是广阔深沉的，是中华传统文化的一个精彩缩影。

从"用料"上来讲，更可谓"油多料足"。我粗略统计了一下，这部集子引用的古今诗词足有260多处，俗谚俚语也有四五十处，可谓琳琅满目，美不胜收，这绝非那24道水席可以相提并论的。从

"做法"来讲，作者融散文、杂文、科学小品特征于一体，熔写景、叙事、抒情、议论、说理为一炉，可谓融会贯通，精彩纷呈。

每一桌宴席都会有一道招牌菜，作为个体的代表，体现出整体的风貌特征。作为文化宴席，《霜叶红于二月花》也不例外。水席中有名的招牌菜叫作"牡丹燕菜"，用料主要是白萝卜，同时配有海参、鱿鱼、鸡肉等物。成品的牡丹燕菜，看上去楚楚动人，只见一朵洁白如玉、色泽夺目的牡丹花，浮于汤面之上，菜香花鲜，堪称一绝。之所以成为招牌，自当具备两个特点：一是超凡脱俗的匠心独运。真正的艺术创作，旨趣即在于如何将普通的题材提炼出新颖而别致的主题，从而实现艺术作品的脱胎换骨，点石成金，这也是所谓匠心的奥妙所在。牡丹是华美高贵的，同时它取材通俗，牡丹是雍容大气的，同时它不拘一物，能够众物相容，从而成就那一道千古流传的招牌菜。《霜叶红于二月花》同样如此，在手法上，作者具有独运千钧之气魄，又有淡泊宁静之境界，依据生命之体验，而熔万千于一炉。这在文学创作上亦是一种练达，背后自然是作者丰富而深厚的文化积淀。经过岁月的洗礼，超越虚浮的技巧、局限和体验，沿着自身对于事物的理解、对于文学的感受、对于审美的追求而挥洒自如。二是接地气，为广大民众所喜闻乐见，而且足够平易近人，以免显得过于高冷，成了只有少数人能够享用的宫廷美味。《霜叶红于二月花》无论从内容还是从文笔来讲，都是极为通俗易懂，涉及的诸多对象都是作者深入日常生活的反映和体验，是真正的"艺术源自生活"的生动写照，正如最普通不过的白萝卜，通过匠人的鬼斧神工，被雕琢成为超凡脱俗的艳丽牡丹一样。对于这本集子，"生活的经验"无疑充当的是一条主线，打破时空、知识、思维等种种局限，将繁复多样的内容串联在一起，从而呈现出眼前简约而不简单的整体风貌。

此时此刻，我虽未吃到那一席名闻天下的美味佳肴，却有幸品

赏到陈先生"文章老更成，下笔如有神"的文学佳作，如此美妙，充满惊喜，令人回味不已。

是为序。

2019 年 7 月 9 日于福州

（本文作者系福建师范大学文学院教授、博士生导师）

霜叶红于二月花

目 录

六出飞花　异彩纷呈 …………………………………… 1

床前明月光，疑是地上霜 ……………………………… 4

河冰结合，非一日之寒 ………………………………… 7

秋风来万壑，蜥蜴吐冰雹 ……………………………… 9

譬如朝露，去日苦多 …………………………………… 12

夜阑卧听风吹雨 ………………………………………… 15

少女的心，秋天的云 …………………………………… 18

今日欢呼孙大圣，只缘妖雾又重来 …………………… 21

和气一家瑞霭，慈颜九十柔仪 ………………………… 24

腹有诗书气自华

　　——气的自述 ……………………………………… 27

谁持彩练当空舞 ………………………………… 31

红霞万朵百重衣 ………………………………… 34

水至柔而克万物 ………………………………… 37

清风不识字，何必乱翻书 ……………………… 39

草色烟光残照里 ………………………………… 42

瘴气如云 ………………………………………… 45

"万紫千红"好，还是"色即是空"好 ………… 49

谁解其中味 ……………………………………… 53

天行健，君子以自强不息 ……………………… 56

地势坤，君子以厚德载物 ……………………… 60

日晕而雨 ………………………………………… 63

月晕而风 ………………………………………… 66

纤云弄巧，飞星传恨，银汉迢迢暗度 ………… 69

五洲震荡风雷激

　　——雷的自述 ………………………………… 72

百年如闪电

　　——闪电娘娘的自述 ………………………… 75

万物土中生，万物归土中 ……………………… 78

江山如此多娇 …………………………………… 81

精美的石头会唱歌 ……………………………… 85

风沙挥不去印在历史的血痕 …………………… 89

和其光，同其尘 …………………………………… 92

潭清疑水浅，荷动知鱼散 ………………………… 95

清清溪流 …………………………………………… 99

沟塍处处通 ………………………………………… 103

饮其流者怀其源 …………………………………… 106

洼地效应 …………………………………………… 110

此中空洞无物，然容卿辈数百人 ………………… 113

空穴来风 …………………………………………… 117

天柱崩来砸一坑，直通地底奈何城 ……………… 121

壑谷幽深 …………………………………………… 125

尘世白驹过隙，人情苍狗浮云 …………………… 128

长寿之乡的母亲树 ………………………………… 131

春风杨柳色 ………………………………………… 134

山上青松山下花 …………………………………… 138

松千年，柏万年 …………………………………… 140

家有罗汉松，世代不受穷 ………………………… 143

樛枝平地虬龙走，高干半空风雨寒 ……………… 146

霜叶红于二月花 …………………………………… 150

自强不息　厚德载物 ……………………………… 153

无由持一碗，寄与爱茶人 ………………………… 155

宁可食无肉，不可居无竹 ………………………… 159

留得清香在人间 ·· 163

辛夷花 ··· 165

铁树开花遍界春 ·· 168

花发金银满架香 ·· 171

牵牛花呀牵牛花 ·· 174

东风香吐合欢花 ·· 177

厚朴花开赛玉兰 ·· 180

红花颜色掩千花，任是猩猩血未加 ·················· 183

后记 ··· 187

六出飞花 异彩纷呈

空气中的水汽在零摄氏度的气温中结成的冰晶就是雪。自古以来，这大自然的骄儿，以她素洁的灵魂、动人的姿色、神奇的变幻，博得骚人墨客的钟爱，留下数以万计的千古绝唱。"忽如一夜春风来，千树万树梨花开。"（唐·岑参）这豪放而又俊逸的诗句，展开了一幅意境雄阔而又清新的瑞雪图。柳宗元笔下的雪景却是："千山鸟飞绝，万径人踪灭。孤舟蓑笠翁，独钓寒江雪。"这岂不是一幅静谧的风景画？打油诗体创始人唐代张打油的一首咏雪诗则别具一番风味："江上一笼统，井上黑窟窿。黄狗身上白，白狗身上肿。"多么朴实自然，多么诙谐风趣！然而，毛泽东则另辟蹊径，"漫天皆白，雪里行军情更迫""山舞银蛇，原驰蜡象""飞起玉龙三百万，搅得周天寒彻"，其意境之深远，格调之高昂，用语之新颖，想象之奇特，确实不同凡响。诗人们妙笔生花，妙语如珠，给人们描绘了一幅幅瑰丽的图景，把人们引入异彩纷呈的境界……

1000 多年前，有两位学者历尽千辛万苦，去北冰洋探险考察，在一个小岛上，他们遇到了一场奇怪的雪——"绿雪"。从此，白雪之外有"绿雪"的新闻传遍五大洲，人类的知识百科全书中增添了新的一页。1959 年的一天，人们又发现南极的上空飘过像鲜血一样殷红的大雪；还有人在苏格兰多次见过"黑雪"；我国天山东段与沙漠地区相邻地带，也时常飘洒橘黄色的雪花；人们还见过紫色的、

褐色的雪花……雪，为何会五颜六色呢？这个长期以来不解的谜，后来终于被科学家揭开了。原来，雪花落到大量繁殖有颜色的藻类的大地上，久而久之，"近朱者赤，近墨者黑"；再则是藻类、铁矿粉、煤末、灰尘随着风暴直上九天，与雪片相遇黏结又从天而降，因而所见到的雪自然是有色彩的；另外一个原因是，光线在雪中散射也能使雪花"染"上颜色。大自然是多么奇妙啊！

"天公宁低巧，剪此雪凌花。"雪花的形状结构很是特殊，堪称鬼斧神工。据《韩诗外传》记载："草木之花多五出，独雪花六出。"这一发现比欧洲的天文学家开普勒发现雪花是六瓣的早 1700 多年！雪花何以六出？物理学家告诉我们：雪花如同二氧化硅的晶格一样，都是按六方晶系的规则排列的。因此，我们肉眼所见的雪花，不是六角形片状结构就是六角形柱状结构。不过，假如你有兴趣的话，可用放大镜来观察它，便可发现其图案千姿百态，无奇不有。有的如夏夜的星星，有的如锃亮的银针，有的如张开的小扇，有的如交错的蜘蛛网……多达 1 万多种！

"燕山雪花大如席"，极言燕山雪花之大，这自然是文学上的夸张。雪花到底有多大呢？1892 年 12 月 4 日，在俄罗斯萨克森尼下过一场大雪，有人做过测量，大雪中落下的雪片直径达 12 厘米，这是至今世界上发现的最大的雪片。最小的雪片又小到何等地步？其直径只不过 0.5 毫米，得用显微镜才看得清它的面目，真可谓"小小细细如尘间"（唐·刘叉《雪车》）！至于一般的雪花，直径不过 1 毫米，1 立方米的雪堆就包含了几十亿颗雪花。"轻轻缓缓成朴簌"（唐·刘叉《雪车》），雪花的重量只有在极精确的天平上才称得出，一般的雪花 3000～10000 颗才 1 克重，确实微乎其微。

"瑞雪兆丰年。"雪不仅装扮大地，给人以美的享受，还能给农业生产带来好处。积雪有一种特殊的"功能"，能吸收空气中的氮气、硫化氢、二氧化碳、二氧化硫等气体，待渗入土壤，便可增强土地肥力；积雪可充当冬种作物的"国防军"，避免地面水分蒸发，有利于防旱，融化时可降低土壤湿度，那逼人的寒气足以冻死越冬害虫，且能使空气中的一些细菌落入"法网"。怪不得有这样的农谚："冬无雪，麦不结"，"今冬麦盖三重被，明年枕着馒头睡。"据科学家研究，水中含有一种抑制生物生长发育的物质，叫作"重水"，也称"致命水"。雪中所含"重水"比普通水少四分之一，因此，雪水对生物的催生作用较普通水大得多。有人做过实验，用雪水浸泡稻种，发芽率可比普通水提高41％，浸黄瓜种可提高40％，浇温室里的黄瓜可增产20％。假如用雪水喂养小猪，可大大加快生长发育速度，喂养母鸡可多生蛋。明代杰出的医药学家李时珍在《本草纲目》里记载，雪"气味甘冷，解一切毒。治天行时气瘟疫，小儿热痫狂啼，大人丹石发动，酒后暴热，黄疸"。可见，雪在临床上还是一味不费分文的妙药呢！

唐代名将高骈唱道："六出飞花入户时，坐看青竹变琼枝。"此景此情，怎不令人遐想联翩？那来自五湖四海的水汽凝结而成的异彩纷呈的六出飞花，来而不择地势，去而不计报酬，装点河山，造福人类，周而复始，悄然无声，这是一种什么精神呢？

床前明月光，疑是地上霜

　　月满中秋夜，靠在床背凝思，明月的光华流泻阳台、淌进卧室，我想起了李白的《静夜思》："床前明月光，疑是地上霜。举头望明月，低头思故乡。"因而思念起了故乡柘荣，仿佛见到了一个月后霜降的柘荣景象："霜叶红于二月花。"（唐·杜牧《山行》）

　　这霜叶，就是经霜之后红得似火的枫叶。

　　柘荣是农业生态县，是长寿之乡，是沿海城市的后花园，是景观丰富多彩的风景区，森林覆盖率 70%，树种丰富，遍布全县各个乡村。有四季常青的香樟，有婀娜多姿的垂柳，有稀世之珍的母亲树柘树，还有别的各种各样的灌木和乔木。既有长不大的灌木枫树，又有挺拔高耸的乔木枫树。红得似火的枫叶是霜降节气的使者，是深秋初冬的标志。

　　《二十四节气解》中说："气肃而霜降。"《月令七十二候集解》进一步具体地说："九月中，气肃而凝，露结为霜矣。"农谚云："霜降始霜。"所谓霜降，是每年 24 个节气中的第 18 个节气，即秋天的最后一个节气，时间点在每年阳历 10 月 23 日或 24 日。天气渐冷，初霜出现，意味着冬天的到来。

　　霜是什么？霜是一种天气现象，是贴近地面的空气受地面辐射冷却的影响，温度降到霜点，在地面或物体上凝结而成的白色冰晶。无风或微风的晴朗的夜里才容易结霜，阴天或雨天不结霜。霜分为霜花和霜冻两种。霜因气温高而消失，或升华为水蒸气，或融化成水。

位于我国青藏高原的称多县清水河镇每年8月4日至次年7月23日都是白霜覆盖，一年只有12天是无霜期，因而这里只生长耐寒的草类；南海诸岛、海南省、台湾南部和云南最南部都是无霜区。

清代陈恭尹的《耕田歌》写道："霜华重，土气肥。"农谚云："霜降见霜，米谷满仓。"何以见得？霜本身有农作物所需的养料；霜寒冷、肃杀、无情，是土地里害虫的克星。

民谚云："一年补透透，不如补霜降。"这是持之有故、言之成理的经验之谈。霜降是晚秋过渡到冬季的关键节点。中医认为，肺主秋，肺主气，气是生命的动力，是生命的标志。比如，一个人健康，就是中气足或力气大或力大无穷，病重就气息奄奄，更重了但还没死就说"一息（气）尚存"或"还有一口气"，死了就说"断气了"。《黄帝内经》还有一句经典的话："百病生之于气。"可见，调理气机或适时补气，是最好的养生，而霜降是合理进补的日子，也是最科学的时机。

霜降节气在一些地区很受重视，如壮族同胞很在乎这个节气。农历九月的霜降节气，壮语叫"旦那"，这时节晚稻收割结束，壮民用新糯米做成"滋那""迎霜粽"招待亲戚朋友，也在这时节走亲结友、对歌看戏、卖农产品、购买生活用品。

霜降为农人所倚重，也为诗人所钟爱，如《全唐诗》中至少有2300首写到霜，这缘于霜有着优美的传说。

"初闻征雁已无蝉，百尺楼南水接天。青女素娥俱耐冷，月中霜里斗婵娟。"（唐·李商隐《霜月》）青女是广寒宫里大仙吴刚的妹妹吴洁，专司降霜洒雪，敢于和素娥（嫦娥）在月色溶溶、霜华浓重中比美，足见其美貌非凡。河南省洛阳市新安县的青要山，传说是青女降霜洒雪的圣地，其山势极其险峻，难以攀登，人们便远在

山下顶礼膜拜。

"千林扫作一番黄，只有芙蓉独自芳。"（宋·苏轼）经得起严霜相逼，就能"年年岁岁花相似"而流芳百世。北宋良相吕蒙正就是如此，他年少时家境贫寒，"朝来僧舍，夜宿破窑"，谁都看不起，就连出家人也讨厌他常来蹭饭，故而常敲"饭后钟"捉弄他。他愤而在寺里写下两句："十度投斋九度空，恼恨僧人饭后钟。"写毕墨尽。后苦读高中状元，衣锦还乡，旧地重游，和尚立马讨好地奉上碧纱笼，他便接下两句："饱食风霜尘扑面，而今始得碧纱笼。"吕蒙正等所有成功人士，无不饱经风霜。霜与风的组合，成了人世间磨难的象征。

"霜叶红于二月花"，这故乡的景象，在"满地霜华浓似雪"（清·王国维）的婆娑月影中，随着我翻腾起伏的思绪，悄然进入我的梦乡……

河冰结合，非一日之寒

　　"照水冰如鉴，扫雪玉为尘。"（唐·陈寡言《山居》）水在零摄氏度时，经微风吹拂而凝成无色透明的固体叫作冰，别名凌。它晶莹剔透，明亮如镜，高雅素洁，其味甘，性大寒，无毒，功效退热消暑、解渴除烦，主治发高烧，药用价值甚高。冰棒、冰激凌以及其他冰制品，无冰不成；冰袋、冰箱、冰柜、冰棺之类的用品或用具，也是无冰不成；冰城是旅游胜地，如俄罗斯的雅库茨克和我国的哈尔滨都是久负盛名的冰城；冰雕艺术给人以冰清玉洁的美的享受；滑冰、冰球之类的体育运动，非冰不可。

　　在我国，冰多见于北方，但低温岩洞中的冰不论南北均可见到。

　　冰的数量之巨，恐怕非北冰洋莫属。冰天凌地的北冰洋在全球四大洋当中面积最小，仅 1475 万平方公里，还没有太平洋的十分之一，平均深度 1097 米，最深处 5527 米，洋面常年结一层原冰，漂浮着巨大的冰山，大都朝南部漂移。船舰若是撞上冰山，必将遭遇灭顶之灾。对于神奇的北冰洋，科学家的探秘兴趣永远不减。

　　"或为辽东帽，清操厉冰雪。"南宋文天祥在《正气歌》一诗中盛赞东汉末年节操清白高雅的管宁。管宁是春秋时齐国名相管仲的后裔，他和华歆是朋友。两人一起锄地，管宁锄出一块黄金，扔到一旁继续锄地，华歆见了，捡了起来，管宁不给好脸色，华歆只好扔掉。他俩同席位读书，门外贵人豪车经过，管宁无视而专心读书，

华歆张望门外，投出羡慕的目光。管宁认为华歆和他不同道，于是割席分界。这就是有名的"管宁割席"故事。说明管宁年少时就"清操厉冰雪"，成年成才成名后，朝廷多次礼贤下士许以高官厚禄，但他不与贪官污吏为伍，坚决拒绝入仕，甘为隐士，还把帽子涂成黑色，人称"辽东帽"，意为洁身自好。他84岁高寿终年。文天祥以管宁为楷模，20岁中状元后，逐步位高权重，但他一身正气。元兵入侵，他变卖家产聚兵3万抗元，兵败被俘。忽必烈亲自诱降，许以相位，但他嗤之以鼻，最后英勇就义，表现了"人生自古谁无死，留取丹心照汗青"（《过零丁洋》）的崇高节操，也就是"厉冰雪"的"清操"。

"继母人间有，王祥天下无。至今河上水，留得卧冰模。"这是《二十四孝》中"卧冰求鲤"的故事。王祥是三国曹魏至西晋的琅琊（今山东临沂）人，他早年丧母，父亲续弦，继母很不待见他，常在父亲面前数说王祥的是非，以致王祥失去父爱，父亲罚他干苦活、脏活、累活，还要他伺候继母。有一回继母生病想吃鲤鱼，天寒地冻没有地方买，河里也难捕捉，王祥便赤身卧在河里的冰上，孝感天地，忽然冰面裂缝，跳出两条鲤鱼，他捉了回家炖了给继母吃。继母又想吃烤黄雀，几十只黄雀飞进帐子里，他捉了几只烤熟送给继母吃，以德报怨，继母感动不已，冰释前嫌。王祥刻苦攻读，学富五车，本已有极孝之芳名，故而仕途顺畅，曹魏时期从县令一直升至太尉，西晋建立，官拜太保，进封睢陵公，享年85岁。后人把王祥卧冰求鲤的河命名为"孝河"，河边建"孝园"，亭子里立王祥卧冰求鲤的石碑。原碑乃明代嘉靖年间所立，后被毁而重建，王祥因与冰之缘而成为万世尊崇的"孝圣"。

"河冰结合，非一日之寒。"（汉·王充《论衡·状留篇》）冰山、冰川、北冰洋非一日之寒所能形成，这是毫无疑问的，而管宁的清操、文天祥的精忠、王祥的至孝，皆为"清操厉冰雪"，无不如同冰山、冰川、北冰洋的厚冰，亦非一日之寒。

秋风来万壑，蜥蜴吐冰雹

"秋风来万壑，蜥蜴吐冰雹。雷吼弹丸飞，四海沍阴浊。谁能弯天弧，与我一矢落？奈何山岳移，回头已非昨。"（宋·何梦桂《和虑可庵悲秋十首》）蜥蜴就是蜥蜴，别名石龙子，闽东人叫"墙鱼"，通称"四脚蛇"，属爬行冷血动物，与蛇类亲近，比喻小人。因"雷吼弹丸飞"的冰雹而"四海沍阴浊"，始作俑者乃蜥蜴，这就是说人间的灾难莫不因小人的兴妖作怪所致。

冰雹为蜥蜴所吐这是一说，还有一说颇有神话色彩：从前有个名叫李佑车的人，父亲早故，母子相依为命，但李佑车是雹神，走到哪里，冰雹就降到哪里，哪里就为冰雹所摧残，人们苦不堪言。张天师法力无边，善于斩鬼祛邪、勇于扫黑除恶，他收服了李佑车，给套上铁箍，将其作为家佣，此后李佑车很是安分。一日，李佑车带张天师那个丑陋无比的儿子外出，遇一美貌女子，张天师的儿子意欲娶其为妻。张天师便派李佑车说媒而成，亲家见李佑车能干，问及身世，李佑车说家有老母不能侍奉，亲家出面请求张天师放了李佑车，张天师看在亲家的面子上同意李佑车回老家，但嘱其不得降冰雹。李佑车答应，请求卸去铁箍，张天师为防万一，命九条火龙跟随监控。铁箍卸毕，李佑车突然伸长一丈八尺，呼啸而去，沿着长江边回家，一路上猛降冰雹，幸好九条火龙的烈火扑灭，雹害才不至于泛滥成灾。

神话归神话，冰雹是如何形成的？科学的解释是：地表水被太阳曝晒汽化升空，水蒸气凝聚成云块，相对湿度达到100％后，遇冷液化，空气中的尘埃为凝结核心，进而形成雨滴或冰晶。若是温度急降，结成的较大的冰团就是冰雹，小的如绿豆，大的如鸡蛋。资料显示，1936年，西北一个县突发雹灾，大如鸡蛋，其中一个高1米多，融化12小时后还重达54千克；1973年的一天，在甘肃华池县山庄桥发现一块比房屋还高的冰雹，何以能有如此之巨，且来自何方，至今仍然是个谜。我国报道的特大冰雹并不为世界公认，世界上公认最大的冰雹发生在美国。1970年9月3日，堪萨斯州发现一块冰雹，直径达110多毫米，重776克。

世界上许多国家和地区都有降冰雹的自然现象，非洲肯尼亚的克里省和南蒂地区，一年当中有130天下冰雹，堪称世界之最；我国多数省市都会下冰雹，西藏为最，如那曲地区每年有35.9天下冰雹，最多的一年53天。

冰雹来得凶猛去得也快，一般只下几分钟，很少超过半小时，但往往造成庄稼、房屋、人畜损失。如1968年的一天，印度一个村庄下冰雹，一块1千克重的冰雹从天而降，当场砸死一头牛；又如2014年4月2日，广东突降冰雹，全省6.88万人受灾，房屋倒塌71间，严重损坏的有5719间；还有2017年7月20日，广东柳林镇一家饲料厂因冰雹而墙体倒塌，造成4死2伤，相邻的仓库毁坏造成6死9伤；此类例子还有不少。

"凛立傲冰雹。"（宋·胡寅）长期以来，面对冰雹灾害，人们凛然挺立、无所畏惧，总结了无数宝贵的斗争经验，凝结成了言简意赅的谚语。如：

"不刮东风天不潮，不刮南风不下雹。"看风向，人们就可预测降不降冰雹，冰雹还有什么好神气的！

"红云夹黄云，定有冰雹跟。"看云的色彩，就可断定冰雹的行踪，冰雹还有什么可牛气的！

　　"乌云西北风，冰雹必定凶。"定风向而知冰雹的来势，冰雹还有什么好嚣张的！

　　"风中若有白云扫，雨中雹子必不小。"风起云涌就可断言冰雹之大，冰雹还有什么可凶狂的！

　　"伏天早上凉飕飕，午后冰雹打破头。"从时令气温中可断定冰雹的杀伤力之大，冰雹还有什么可耍威风的！

　　毛泽东说："与天奋斗，其乐无穷；与地奋斗，其乐无穷；与人奋斗，其乐无穷"，"群众是真正的英雄。"在与肆虐无忌的冰雹之类的自然灾害的斗争中，在与各种各样兴妖作怪的小人的斗争中，历史不是一次又一次地证明了这样的真理?！

譬如朝露，去日苦多

"譬如朝露，去日苦多。"一代奸雄曹操在《短歌行》中以朝露打比方，感叹自己的人生历尽磨难。曹操立志"大丈夫不能流芳百世，亦要遗臭万年"，其为人处世的哲学是"宁教我负天下人，休教天下人负我"，这就注定了他的一生"去日苦多"。

朝露为何去日苦多呢？

"将军禀天姿，义勇冠今昔。"这是唐代诗人郎士元在《关羽祠送高员外还荆州》中对关羽的盛赞。传说关羽的前世是露水神。有一个地方的人专门干坏事，惹怒了玉皇大帝，于是玉皇大帝下令雨神三年不准降雨此地，使庄稼绝收，饿死这个地方的人。有一天，一个老和尚经过此地，见到这里的人个个惶惶不可终日的样子，便探问缘由，得知原委后，动了恻隐之心，便告知，过几天有个老汉途经此地，他是露水神，可向他求救。果然，几天后一位老者到此地，众人下跪哭诉，老者于心不忍，私下降露水滋润庄稼。三年后，玉皇大帝发现此地的庄稼未绝收，所有的人都没饿死，得知是露水神暗中相助使然，一怒之下，令雷公劈散露水神的三魂七魄。老和尚为露水神的仁慈而感动，为其不公遭遇而痛心，念动真言把露水神的魂魄聚拢起来。玉皇大帝把露水神下放到人间，在人世间，露水神化身的关羽智勇双全、忠义兼备，跟随刘备兴复汉室，历尽了磨难。玉皇大帝颇为感动，宽恕了他，待其百年之后，便召回天庭。

玉皇大帝任命他为"协天大帝"，允许他下私雨，人们若逢旱灾，便赴关帝庙跪求甘霖滋润。关羽的前生现世，都是"去日苦多"。曹操和关羽敌对，但因相互欣赏，都不置对方于死地，成为佳话。

"秋荷一滴露，清夜坠玄天。将来玉盘上，不定始知圆。"（唐·韦应物《咏露珠》）露珠清夜天成，晶莹圆润，美不胜收，正如老子所言："天地相合，以降甘露。"又如李时珍所说的："甘露，美露也。神灵之精，仁瑞之泽。"其实，科学的解释，露即露水，雅称露珠、甘露，四季皆有，秋季特多，是夜间或清晨近地面的水遇冷凝结而依附在草上、树叶上、石块上。农作物上的水珠，有利于农作物的成长，而且可入药。李时珍在《本草纲目》中说，露珠可用于润肺杀虫、治疥疮、治顽癣、治虫癞等。菖蒲露洗眼睛增强视力，韭叶露治白癜风，白花露止消渴，百花露美肤。古代炼丹家收集露珠炼丹治百病。

"秋风何冽冽，白露为朝霜。"（魏晋·左思《杂诗》）冽冽秋风迎来了秋季的第三个节气，透出了丝丝凉意，正如谚云："白露秋分夜，一夜凉一夜。"又如俗话所说的："白露白茫茫，没被莫上床。"也许白天是闷热的"秋老虎"，到了夜里，气温反差大了，不盖被子就容易着凉而秋咳或秋泻。

"袅袅凉风动，凄凄寒露零"（唐·白居易《池上》），"天高昼热夜来凉，草木萧疏梧落黄"（《节气歌》），"空庭得秋长漫漫，寒露入暮愁衣单"（宋·王安石《八月十九日试院梦冲卿》），古代文人笔下的寒露悲秋，令人惆怅惘然。元代李致远的《天净沙·秋思》，更是肃杀悲凉："枯藤老树昏鸦，小桥流水人家，古道西风瘦马，夕阳西下，断肠人在天涯。"而伟人毛泽东笔下的寒露时节，则是别有洞天的无限风光："一年一度秋风劲，不似春光。胜似春光，寥廓江天万里霜。"何等明媚，何等壮丽！

常言道："一棵草一滴露。"这"去日苦多"的一滴朝露，就是

一滴水珠，它凝聚着高雅素洁，凝聚着智勇忠义，凝聚着不畏强权，凝聚着慈悲大爱，凝聚着低调谦卑，凝聚着默默无闻，凝聚着随遇而安，凝聚着无私奉献，凝聚着自我牺牲，凝聚着永恒不灭。这就是"上善若水"的崇高品格！

夜阑卧听风吹雨

"好雨知时节，当春乃发生。随风潜入夜，润物细无声。"杜甫笔下的雨，多么知性，随着和煦的东风，悄然无声地滋润着万物，静谧的旷野，如诗如画。而南宋诗人赵师秀《约客》一诗则别有一番风味："黄梅时节家家雨，青草池塘处处蛙。有约不来过夜半，闲敲棋子落灯花。"黄梅雨季之夜，细雨绵绵，池塘草丛中的青蛙快乐地歌唱。夜已过半，邀请的友人尚未赴约，诗人很是焦躁，在灯光下，百无聊赖，独自烂柯手谈，无限的情思融入了仿佛是人间仙境的江南夜景。

黄梅时节就是立夏后的几天，梅子由青转黄。江南一带来自海洋的暖湿气流和来自陆地的冷空气相遇，冷空气重，暖空气轻，暖湿气流被迫上升，遇冷凝结成降雨带，科学定义为锋面雨，俗称"梅雨"。此外，还有对流雨、地形雨、台风雨等，都是自然降水现象，构成了人类生活中最重要的淡水资源。

"雨师神，毕星也。其象在天，能兴雨。"（东汉·蔡邕《独断》）雨师也叫雨神，其之"兴雨"，因地而异。如世界上降雨最少的地方是智利的阿诺卡马沙漠，400多年来都没下过一场雨；秘鲁首都利马年降雨量也只有10～15毫米，这个拥有800多万人口的大都市竟然没有下水道，也没有人备雨具，简直可以和沙漠相提并论了；我国吐鲁番盆地西部的托克逊年平均降雨量仅6.3毫米，是我

国降雨最少的地方。雨水不足，影响庄稼成长，如 1958 年，吉林省遭受 60 年不遇的严重干旱，科学家和工程师发愤图强，用飞机向云中播撒干冰、碘化银、盐粉等催化剂促使云层降水，缓解旱情。其实，这是雨神通过曲折的方式告诫人们：因"大跃进"时期乱砍滥伐森林、大烧木炭而受到了大自然的惩罚，生态平衡破坏导致雨水不足，更严重的惩罚是饮用淡水的来源受限，危及人类生存。联合国数据显示，如今中国是世界上 13 个缺水严重的国家之一，全国有 3 亿人口饮用水紧缺，每年 7 万人因此死亡，中国未来饮用水的缺口是 2000 亿立方米，令人胆战心惊！世界上降雨量最大的地方是印度乞拉朋齐，每年大约 11840 毫米，最高的一年达 26461 毫米。台湾的火烧寮是我国降雨量最大的地方，每年大约 8000 毫米，1912 年达到最高 8408 毫米。当然，雨水过多则泛滥成灾，这也是不可取的。

从天而降的雨，有的如丝，有的如粉，有的如同盆倾，有的如同瓢泼，没有固定形状，无色、无味、透明，看得见抓不住，人们司空见惯。但也有出现不少非同寻常的事，如：2008 年的一天，哥伦比亚境内突降一场血红色的雨即"血雨"，科学家对雨水进行检验，发现其主要成分是血液；苏格兰、澳大利亚都降过鱼雨；2007 年 4 月 6 日，阿根廷萨尔塔省降过蜘蛛雨；1976 年 11 月 24 日，加利福尼亚降过乌鸦雨；俄罗斯降过古铜钱雨。史书记载，我国几千年来也下过铜钱雨和黄金雨。原因是什么？主要是旋风（俗称龙卷风）所致，巨大的风力把地面上的物质卷到天空，而后随着雨的降落撒到另一处的地面。但有的现象至今仍是谜团，如哥伦比亚的"血雨"。

"曾经沧海难为水，除却巫山不是云。"（唐·元稹《离思五首·其四》）元稹对亡妻的思念，其情深至如巫山云雨，乃男女欢爱之进入仙境，其优美传说源于战国时期楚国宋玉《高唐赋序》的记载："妾在巫山之阳，高丘之阻，旦为朝云，暮为行雨。朝朝暮暮，阳台之下。"巫山神女和国王朝朝暮暮于阳台之下兴云降雨，天下百姓得以甘霖滋润，这就是大爱，这就是深爱，古往今来的俊男靓女，无不向往之。

"夜阑卧听风吹雨。"（宋·陆游）中秋佳节之前夜，夜阑更深，卧榻静听窗外的风吹雨落，忽而"润物细无声"，忽而淅淅沥沥，忽而如泣如诉，忽而风狂雨骤，传送着深情，传送着厚爱，表达着无私，表达着奉献，吟唱着"神女应无恙，当惊世界殊"！

少女的心，秋天的云

　　"洱海真如海，罗荃塔尚存。石骡何处是，遥见望夫云。"这首题为《望夫云》的诗，是文化巨匠、著名的诗人郭沫若 1961 年在大理时写的，他饱含深情地讴歌阿龙和阿凤高如苍山深如洱海的生死恋。

　　很久很久以前，大理的苍山脚下有个英俊善良、能歌善舞的白族年轻猎人，名叫阿龙，他经常将猎物分给穷苦的人，人们都很敬重他，猎神也很爱这个年轻人，把飞翔的法术传授给他。有一天，白族举行"绕三灵"歌舞会，阿龙和南诏公主阿凤对歌，十分投缘默契，阿龙一见钟情，阿凤芳心暗动，歌舞毕，两人卿卿我我，觉得相见恨晚。在后来的一些日子里，阿龙和阿凤时常幽会，私下订了终身。南诏王发现了，把阿凤关进了戒备森严的五华楼。私闯五华楼将会引来杀身之祸，但阿龙为了心上人，置生死于度外，勇敢地飞进五华楼救出阿凤，双双逃往苍山玉局峰顶一个美丽的崖洞，过着自由自在、甜蜜幸福的生活。南诏王请罗荃法师设法找到阿凤，法师的神灯一照，就发现了阿龙和阿凤。南诏王要阿凤回到宫里，阿凤不肯，南诏王便请罗荃法师施展法术，刹那间漫天大雪，天寒地冻，阿凤冷得将要死去。阿龙得知罗荃法师有一件冬暖夏凉的七宝袈裟，便飞去窃取，即将得手时却被发现，罗荃法师毫不留情地把阿龙打入洱海底，化作石骡。阿凤久久地盼望夫君归来，年复一年，到头来都是失望，最后含恨而死，魂魄飘至东海普陀山，向观音菩萨诉说衷情。观音菩萨念其情真意切，便赠送装有三子母浪的三个风瓶。阿凤救夫心切，匆匆赶到下关江风寺，到了天生桥跌了一跤，打碎了一个风瓶。阿凤爬上了玉局峰顶，她的精气化作一朵洁白的云彩，携带着两个风瓶勇猛地扑向茫茫的洱海，顿时狂风骤雨、白浪滔天，但由于少了一个风瓶使风力减弱三分之一，无法深入海底救出阿龙。此时，石骡子在海底发出凄厉的悲鸣和愤怒的吼叫而天昏地暗。当这朵洁白的云彩消失时，天就晴了，人们称这朵云彩为"望夫云"。

谚云："云自东北起，必有风和雨。"唐代韦庄诗曰："云散天边落照和。""望夫云"的出现和消失，其实是一种云彩变化的气象状态，其行踪走向，无不是气候状态的征兆。如："云往东，车马通"，预兆不刮风下雨；"云往南，水涨潭"，预兆发洪水；"云往西，披蓑衣"，预兆下大雨；"云往北，好晒麦"，预兆天晴有微风。云如此有灵性，究竟为何物？云是大气中的水蒸气遇冷凝结成小冰晶或液化成小水滴，混合飘浮在空中的可见聚合物。从分布看，分为高云、中云、低云三族；从形态看，分为积云、层云、卷云；云的色彩可见白云、乌云、灰云、彩云。云彩的瑰丽和云彩的变幻，给予了人们丰富的想象。"望夫云"爱情故事的凄美，堪比《白蛇传》，堪比《罗密欧与朱丽叶》，令人扼腕唏嘘，令人荡气回肠！

自古道："天有不测风云。"秋天的云更是飘忽不定，时而天高云淡，时而五彩缤纷，最为人们喜爱，被喻为纯情少女的心。巴尔扎克为此创作了一首歌，题为《少女的心　秋天的云》：

"少女的心，秋天的云，时而里柔风阵阵，时而里暴雨倾盆。多少个忧愁苦闷的夜晚，多少个欢乐愉快的黎明，汇集成一股生活的序曲，震荡着姑娘早熟的感情，刺激着少女的心。

"少女的心，秋天的云，望不断秋水滚滚，看不透水上浮萍。霎

时出姑娘骄傲的心歌，包含着少女挑衅的眼神，我要用这把感情的钥匙，打开那姑娘心灵的房门，占有那少女的心！"

阿龙和阿凤没有门当户对的心理障碍，没有房子、车子、票子的阻碍，他们有的是纯洁的爱，有的是真诚的爱：阿龙用他诚挚的感情钥匙，打开了阿凤心灵的房门，占有了阿凤的心，这就是"曾经沧海难为水，除却巫山不是云"的决绝情怀。阿凤则以纯情少女善良的初心，化作洁白的"望夫云"，谱写了一曲海枯石烂永不变的心歌。这首心歌悲壮凄美的旋律，永远永远地回旋在人世间。

今日欢呼孙大圣，只缘妖雾又重来

年少时看《西游记》，书中的神仙菩萨个个都会腾云驾雾，非常羡慕。孙悟空会七十二变，一个筋斗就翻了十万八千里，我更是羡慕得不得了。那些妖怪也会腾云驾雾，把身子一抖，就冒出一团妖雾而不见踪影了，相当厉害的，但我不羡慕，而是很痛恨，因为妖怪是坏蛋，会害人。自己非常渴望成为"金猴奋起千钧棒，玉宇澄清万里埃"（毛泽东）的孙悟空，抡起13500斤的金箍棒除妖灭怪。

腾云驾雾是指有法术的人乘云雾飞行，这是夸张的描写，其实是古人对飞机、火箭、宇宙飞船之类的飞行器的幻想吧。

雾是什么呢？简单地说，雾是一种天气现象，是悬浮在大气中的微小水滴的统称。在水汽充足、大气和微风稳定的前提下，相对湿度达到100%时，水汽便凝结成雾了，其种类主要有辐射雾、平流雾、蒸发雾、混合雾。

雾的颜色，我们常见的是白蒙蒙的，或者是灰蒙蒙的，有聚有散。而奇怪的是，南极大陆的上空盘旋的是灰白色烟雾，烟雾交融、灰白交错，永不消失。科学家们认真研究、反复论证，至今尚未破解这个谜团。

世界上雾日最多的地方是四川峨眉山，年均雾日300多天，几乎每天都有雾；重庆称为"雾都"，年均有雾天气170天；还有英国伦敦也是"雾都"。

雾于人类有一定的好处。如雾之于茶叶非常重要，雾气重的地域，茶叶质量和产量都高，因为，雾中所含物质是茶叶最需要的；荔枝和龙眼也非常需要海雾的滋养，福建莆田的荔枝和龙眼的质量和产量特别高，除源于当地水土的因素外，海雾的作用不可忽视；雾给医学家以启迪，根据雾的形态、成分等，医学家创造出"雾化疗法"，把药品溶于治疗仪的盛器中，将药雾喷洒进患处，取得快捷的效果。

雾大了，浓了，能见度降低了，就影响到交通。飞机失事、高速公路汽车追尾相撞，这些事故的发生常是缘于雾。如当年轰动世界的大韩航空 1 号班机失事，罪魁祸首就是雾；2015 年 11 月 29 日，山西运城到侯马段的高速公路上发生的 47 辆车连环相撞事故，便是因团雾影响。

雾对人体有伤害，若雾和霾结合成为雾霾，杀伤力就更大了。雾霾中的二氧化碳、二氧化硫以及各种有害物质通过鼻腔和口腔进入人体，积淀多了，往往导致肺病和心脑血管疾病以及癌症等疾病的发生。

霾的形成有别于雾。雾是天然的，霾的形成固然有自然因素，但很大程度上是人为提供了有害物质。如近地面空气相对湿度比较大，地面的人流和车流把大量的地面灰尘搅动起来，同时在风力小、冷空气活动不活跃、大气层比较稳定的情况下，微小颗粒便极易聚集飘浮在空气中。

伦敦之所以成为"雾都"，其实是"雾霾都"：一方面，北大西洋暖流和大不列颠群岛区域偏寒水流汇合，又与海上吹来的暖空气和偏寒空气团相遇，形成了雾；另一方面，城市里大量人为排放的废气即霾与之融合成为雾霾。1952 年 12 月 5 日至 9 日，伦敦烟雾即雾霾事件致 400 人死亡，政府为此于 1956 年施行了《空气清净法案》。伦敦部分地区禁用浓烟材料，雾霾现象逐步得以改善。

社会在前进，工业在发展，当今社会雾霾毒害人类的现象日益严重。据科学家检测，全球雾霾最严重的是伊朗的扎布尔，PM$_{2.5}$最高浓度为217微克/立方米。中国雾霾现象也极为严重。如2017年雾霾严重十大城市的排行，邢台居榜首，其PM$_{2.5}$浓度和扎布尔并驾齐驱，其次分别是保定、石家庄、邯郸、衡水、德州、荷城、聊城、廊坊、唐山。此外，北京的雾霾也是"国际知名"。

雾霾是当今世界的五大"死神"之一。据统计，全世界每年死于雾霾的达310多万人，而我国就达到122万人，约占我国年均死亡830万人中的15%！

雾是天然的，有益也有害；霾主要是人为的，有的是好人做坏事，有的是坏人故意使坏，有百害而无一利，融合到雾中成为雾霾，其危害性大大加强。钟南山院士多年来多次疾呼要综合治理雾霾，然而，收效甚微。我突然想起《西游记》里的"妖雾"，这雾霾莫非就是"妖雾"？因而我又想起了腾云驾雾七十二变的孙悟空，进而想起了毛泽东的呐喊："今日欢呼孙大圣，只缘妖雾又重来！"

和气一家瑞霭，慈颜九十柔仪

　　"山上断云分翠霭，林间晴雪入澄溪"，这是宋代文人徐铉《送彭秀才南游》中的两句诗。我的故乡福建省柘荣县有个东山风景区（亦称东狮山），其美景如同诗中的意境，时时刻刻浮现在我的脑海里。

　　每当晨曦温柔地唤醒沉睡的人们，雄伟的东山飘逸着轻纱般的翠霭，微风荡漾，千树万枝若隐若现地随风摇曳，溪涧中的淙淙流水在青绿色的翠霭中倾泻而下，汇入古老的母亲河溪坪溪（龙溪）……

　　每当夜幕徐徐降临，翠霭氤氲弥漫在巍峨的东山。当年明火灶时代的东山脚下，东山头、东山仔、步头、埂头、上厝基、下厝基、坎头坪、吴樟，这一村又一村的家家户户，一缕又一缕、一团又一团的炊烟，冉冉地飘向上空，缓缓地融入青绿色的暮霭中，勾画出一幅"遍地英雄下夕烟"（毛泽东）的壮丽图景……

　　霭那么温柔，那么祥和，那么轻柔，那么曼妙，它究竟是何方神圣呢？

　　气象学告诉人们，霭是气体中悬浮有微小水滴的自然现象，它像雾，比喻为"轻雾"而不是雾。雾是气温低于露点时近地面空气中水汽凝结而成的，有轻雾、雾、大雾和浓雾之分。浓雾的能见度小于 100 米，而霭的能见度通常在 10 公里以上，不妨碍交通；雾离开地面可变成云，霭比喻为"云气"而不是云，当然也不是霾。古人说"风而雨土为霾"，害人不浅，而霭不危害人体健康，可见霭和霾"道不同而不相为谋"。

霭之名称甚多，缘于角度不同，很是丰富多彩。如：

晨霭，伴随晨曦的磅礴，淡淡如薄纱，呈一天之祥和。

暮霭，随着苍茫的暮色悄然呈现，给人以深沉而温馨的归宿感。

翠霭，青绿交融，生机勃勃，充满着青春的亮丽色彩。

青霭，色如紫云，紫气东来，吉祥如意。

雾霭，形同薄雾，轻盈飘逸，如诗如画。

云霭，"云霭泽无际，豁达来长风"（明·袁可立），给人以超脱无羁的豁达印象。

烟霭，"多少蓬莱旧事，空回首，烟霭纷纷"（宋·秦观），宛若缭绕在蓬莱仙境的缕缕青烟。

雨霭，"飞雨霭而至"（唐·杜甫），霭随雨至，雨源于水，霭亦源于水，水为柔情之物，霭自然不无柔情。

阴霭，"四郊阴霭散，开户半蟾生"（唐·李白），天下没有不散的筵席，阴聚的霭也有消散之时，代之的是一弯月牙，别有一番情趣。

山霭，"山霭苍苍望转迷"（唐·韩翃），苍山如海，山霭迷茫，神秘莫测。

淡霭，"淡霭残烟渐渐收"（宋·方千里），霭淡如残烟，渐行渐远，销声匿迹，使人怅然若失、不尽思念。

杳霭，"杳霭祥云起，飘飏翠岭新"（唐·李绅），就像一朵朵飘浮的祥云，苍翠的崇山峻岭焕然一新。

霭霭，"明月断魂清霭霭"（唐·高蟾），暮霭沉浸在溶溶月色中，清若洁白的水银，摇曳晃悠。

瑞霭，"和气一家瑞霭，慈颜九十柔仪"（元·王恽），它被喻为

吉祥的云气，或者称祥云，或者叫瑞气，袅袅娜娜聚集于积善人家，故而家人皆慈颜，皆长寿。我的故乡柘荣是国家级孝德之乡、长寿之乡，因而，国家级旅游胜地太姥山的主峰东山的翠霭，理所当然是瑞霭。

腹有诗书气自华

——气的自述

我名叫气，在汉语词汇中，包括成语在内带"气"字的词语数以千计，带"气"字的诗词则数以万计，可见我的家族之大、人缘之好，非同寻常。

我的家族中，有一种弥漫在地球周围的混合气体，这种气体叫作空气，人们耳熟能详，其主要成分是氮气、氧气等。人类需要它，自然界的一切生物需要它，没有它的地方叫作真空，如电灯泡之内，如大气层之外，真空里的任何生物都无法生存。环境污染，会使我的身上沾上病毒、细菌、粉尘和其他有害微生物，这对人类和绝大多数的生物危害极大，如中华人民共和国成立前的瘟疫，如当年的"非典"，还有常见的流感，大都是空气污染所致。故而净化环境、保持我的清新是不容置疑的，是势在必行的。

和空气有关的气体很多，如水蒸气、燃气、沼气、瘴气、毒气等。这些气体有的人类很需要，如水蒸气和燃气；有的是敌人，如瘴气；有的可以趋利避害，如沼气；至于毒气，多为非正义战争的战争狂人所利用，常被制作成化学武器荼毒生灵，如日本 731 部队就利用细菌、毒气制造惨案。

我在自然界的称呼很多，如气温、气象、气候、天气。厕所或臭水沟里的臭气，是我远扬的臭名；花圃里飘逸着的香气，是我高

雅的称谓。

在多数情形下，我没有一定形状、体积，能够自由散布。

自由是我的天性，是我最大的幸福来源，所以我常常表现为喜气洋洋。美国杰出的革命者帕特里克·亨利说过："不自由，毋宁死。"若是不自由，我就死气沉沉。

我的道行很深，《老子》《庄子》《黄帝内经》之类的道家巨著，都授予我极高的地位。当然，此外的诸子百家莫不对我的作用给予极高的评价。

《黄帝内经》是中医源头，书中说道："正气存内，邪不可干；邪之所凑，其气必虚。"说的是人体内正气强大，邪气就侵入不了，人就不生病；若是邪气能够侵入，说明正气虚弱，人就生病。人的一生，正邪两气在不断地斗争。所谓正气，除了人体天生的元气之类，还有动力性的气，如脾气、胃气、肝气、肾气之类的脏腑之气；所谓邪气，如外来的戾气之类，或内生的火气、湿气、痰气之类。病重未死，为一息（气）尚存，若是死了，就称为"断气"或"气绝"。"血乃气之母，气乃血之帅""气滞则血瘀，气行则血行""百病生之于气"，你说我重要不重要？答案是肯定的！

我为空气之类时是物质的，我为与人体相关的气时，既有物质的也有非物质的，表现得很特殊。如果作为精神的表现和特征，我就是一种状态，如景气、喜气、晦气、怒气、生气、气势、气氛、气韵、气质等。

当我进入气质角色时，文人墨客或寻常百姓对我极为看好，使用我的频率特别高。宋代大文豪苏东坡题为《和董传留别》这首诗中的千古佳句"腹有诗书气自华"，更是使得我身价百倍。

这句诗是什么意思呢？

说的是，只要饱读诗书，学业上有所成就，流露于外的精神气色即气质才华，就自然而然地流光溢彩、高雅脱俗。

例如，西汉的卓文君、东汉的蔡文姬、唐代的上官婉儿、南宋的李清照，被公认为中国古代四大才女，经史子集、诗词歌赋、琴棋书画，样样精通。由于读书的深度美容，表现出蕙质兰心的高贵典雅，上官婉儿还能协助武则天理政治国，是实质上的女宰相，非常了不起。

又如，明代苏州的唐伯虎、祝枝山、文徵明、徐祯卿称为"吴中四才子"，被公认为中国古代四大才子。他们学富五车、才高八斗、胸罗锦绣、口吐珠玑，尤为擅长琴棋书画，浑身飘逸着文气、雅气。虽然徐祯卿相貌丑陋，但其充满智慧光华的书卷气，一俊遮百丑。

高雅的气质往往容易博得异性的心仪。多年前的一部韩剧讲述的是，一位围棋国手在飞机上，因其高雅的气质，惹得一位貌美如花的空姐芳心暗动。无独有偶，2018 年 9 月 27 日，在北京飞往杭州的 CA1702 航班上发生了雷同的现实版佳话。1994 年 4 月 8 日出生的围棋国手连笑在这架飞机上，一位空姐见他"非常腼腆"，跟他说话，"他都会脸红"。他用过餐靠着窗休息，"阳光洒在他脸上，真的超级暖"。空姐说："看着他，有想要恋爱的冲动。"空姐当时想要加他微信，欲言又止，后来终于按捺不住，于 2018 年 10 月 8 日上午在民航小报报姐微信公众号发布寻找一见钟情的乘客的帖子，轰动一时。这位空姐是美女应是没有悬念，而连笑虽然不像徐祯卿那样丑，但也谈不上是美男子，何况身体还显得比较单薄，何以如此地令这位空姐心旌摇荡、魂牵梦萦？一句话："腹有诗书气自华。"围棋手饱读棋书无疑，会诗词满腹吗？从广义上说，每一局棋都是无字的美不胜收的诗篇，每一局棋都是无声的慷慨激昂的词篇，棋手每手谈一局，都将悄然地"气自华"了一回。

"腹有诗书气自华"的人谈吐不凡、举止优雅、行为斯文，不但容易得到异性的心仪，而且大都能够受到方方面面的青睐或敬重。

　　"腹有诗书"是不是一定就"气自华"呢？未必。如果不老实、不踏实、不扎实、夸夸其谈，那就是脆而不坚、华而不实，即使有气，那也只是酸气。

　　腹无诗书的白丁呢？大都具有朴实可爱的憨气；而有的土豪，尽管无名指上套个金戒指，脖子上挂一条粗项链，表现出来的仍是俗不可耐的土气。

　　最后我把毛泽东在《沁园春·长沙》中的两句词送给诸位："书生意气，挥斥方遒。"什么意思？就是说，"腹有诗书气自华"的朋友们，个个踌躇满志、热情奔放、意气风发而强劲有力！

谁持彩练当空舞

　　"赤橙黄绿青蓝紫，谁持彩练当空舞？雨后复斜阳，关山阵阵苍。当年鏖战急，弹洞前村壁。装点此关山，今朝更好看。"（毛泽东《菩萨蛮·大柏地》）1933 年夏，毛泽东经过江西瑞金县城外 60 里的大柏地，触景生情，回顾起 1929 年 2 月 10 日红军在此地打败尾随追击的国民党赣军独立第七师刘士毅部的情景，浓墨重彩地写下了这首词，表现了革命英雄主义精神和革命乐观主义精神。

　　究竟"谁持彩练当空舞"呢？

　　神话传说中有个女神名叫女娲，她抟土造人、化生万物，称为"天地之母"。当时水神共工氏和火神祝融氏水火不相容，仇恨很深，鏖战多时，共工氏被祝融氏打败，一怒之下，头撞擎天柱不周山，山崩而天坍了一个口，女娲为了不让洪水从天的缺口降到人间，炼五色石补天。人们肉眼所见的彩虹，就是五色石发出的彩光。

　　西方关于虹的传说有着别样的特色。如希腊神话里，彩虹是沟通天上与人间的使者；《圣经·创世纪》中就有过这样的记载：特大洪水过后，人世间遭遇灭顶之灾，上帝于心不忍，以彩虹跟诺亚及其子孙们订立契约，不再降特大洪水毁灭世界。彩虹成了天空中一道吉祥的亮丽风景线。

　　虹能吸水。虹形似拱桥，喻为虹桥、飞桥、断桥、长虹贯空、长虹卧波。古人认为虹是龙或是双头蛇，能吸溪涧的水。如北宋的

沈括在《梦溪笔谈》里记载：沈括出使辽国，到了黑水境内的永安搭帐篷安歇，这时雨过天晴，帐前一条山涧，天空中的一道彩虹两头都垂向涧里，如同世人所传"虹能入溪涧饮水"，他"信然"了。其实，虹并不会吸水，沈括虽然是科学家，但因时代的局限性，其认识水平也必定有局限性。

虹有征兆。说白虹预兆血光之灾，其实未必。《礼记·聘义》中如是说："气如白虹，天也。"这是浑然天成的如玉的君子之气，是"气贯长虹"之气，可见并非不祥之物，也不是不祥之兆。虹在现实生活当中的征兆是充满正气的："虹高日头低，明日穿蓑衣"，若是彩虹高悬空中，预兆次日降雨；"朝虹满江水，夜虹草头枯"，清早的虹告知人们将要发洪水，夜幕降临的虹警示着将会大旱；"东虹日头西虹雨，南洪北虹卖儿女"，从方位上可认定虹的吉凶。虹给人以防患于未然的忠告，善良之至，何以如此？因虹之本体乃是水，"上善若水"。

虹的神秘现象还出现在宗教修行中。如藏传密宗佛教中，极少数大圆满修行境界的人临终时的"虹化现象"，就是身体化成一道彩虹消失在空中，如同修道功德极其圆满之道人羽化成仙一般。

虹和雨密不可分。虹是"日照雨"的产物，是光线以一定的角度照在水（雨）滴上发生了折射、分光、内反射、再折射的大气光象。虹总是在太阳的对面，朝虹见于西方，暮虹见于东方。虹的秘密是笛卡儿和牛顿这两位伟大的科学家破解的。1637年，笛卡儿用玻璃球注水进行实验，证明虹是水滴内的反射造成的，而虹的边缘淡淡的"副虹"即"霓"，则是两次反射造成的，即光线通过雨滴后射到人们的眼帘时，光弧色带就正好与虹相反。后来，人类使用的霓虹灯就是参照虹和霓之间关系的光学原理制作的。笛卡儿的实验准确地算出了彩虹的角度，但没有解释七彩颜色，后来牛顿用玻璃棱镜展示，把太阳光散射成彩色色带，这样，形成彩虹的光学原理就被全部发现了。通常情况下，虹只出现一条，但也偶见多条，如1948 年 9 月 24 日傍晚，俄罗斯圣彼得堡的涅瓦河上空出现了 4 条彩虹，1877 年 6 月 15 日，葡萄牙的沙塔－克维阡里出现了 5 条彩虹。

究竟"谁持彩练当空舞"呢？显然不是女娲，也不是上帝，而是神奇的大自然，是"当年鏖战急"的英雄好汉！

红霞万朵百重衣

唐太宗李世民在《赋得李》一诗中写道："丽景光朝彩，轻霞散夕阴。"在他的笔下，朝霞和晚霞都美不胜收。

霞之所以美，缘于灿烂的阳光。日出或日落时，云层由于阳光的斜射而呈彩色，若无云层，则出现彩色光象，有朝霞和晚霞之分，有红霞和彩霞之别。所谓红霞亦称丹霞、赤云，所谓彩霞也称七彩霞，因阳光的赤橙黄绿青蓝紫之光谱所致。

霞为苍生，不惧泄露天机。如"早霞不出门，晚霞行千里"和"朝起红霞晚落雨，晚起红霞晒死鱼"，朝霞明示下雨，晚霞乃"火烧云"，预兆晴朗或干旱；"日落胭脂红，无雨必有风"，警醒人们提防风暴。

"问世间情为何物，直教生死相许？"（金元之际·元好问）相传很久很久以前，烧木佛这个地方的锦岩洞里住着一个木佛精，这个妖精魔法高强、嗜血成性，更厉害的是他有两个宝葫芦，一个是水葫芦，一个是火葫芦，总是不离身。他经常下山抓人回洞里，把人烧焦了吃。有一次他抓了一对男女，男孩名叫阿丹，女孩名叫阿霞，男孩漂亮聪明，女孩美丽伶俐。木佛精暂不吃他俩，留下做奴婢。这两个孩子同病相怜，日久生情，成了情侣。阿丹和阿霞知道，木佛精迟早要吃了他俩，便谋划着逃生。他俩知道，把木佛精的两个宝葫芦偷走，妖精的法力就会大减。机会终于来了，有一天，木佛精抓来一个村民烧了做下酒菜，酒喝高了，醉得昏睡过去，阿丹和阿霞便小心翼翼地去偷宝葫芦。阿霞偷到了水葫芦，阿丹将要得手火葫芦，不料木佛精突然醒来。阿霞见势不妙，拉着阿丹狂奔逃命，木佛精很快就追上了。阿霞叫阿丹先跑，由她来和木佛精周旋。阿丹跑了很远，却发现阿霞招架不住，被木佛精抓住，他便回头去救。木佛精怒不可遏，喷出火葫芦的烈火，阿霞被烧得通红，变成一座巨大的"睡美人"大山，阿丹被烧成山上的"人面岩"。这座山岩壁陡峭，鬼斧神工，气势磅礴。后人发自内心地崇敬阿丹和阿霞，烧木佛旧地便改称丹霞山，这座山位于广东仁化。

如同丹霞山这样美丽的大山，全世界有1200多处，中国居多，如福建泰宁和甘肃张掖都有这样的山，是旅游胜地和科考圣地。地理学家告诉人们，这是以陆相为主的红层发育的具有陡岸坡的丹霞地貌。

"斑竹一枝千滴泪，红霞万朵百重衣。"（毛泽东《七律·答友人》）传说舜帝极其爱民、亲民，经常深入民间体察民情。有一次他南巡考察，和爱妃娥皇、女英长时间失联，两位爱妃心急如焚，便不远千里寻找到潇湘，得知舜帝驾崩于苍梧，顿时泪飞如雨，洒在潇湘竹上，形成了美丽的斑纹。她们悲痛欲绝至欲哭无泪，便双双投进湘江为夫君殉情。后人将有斑纹的潇湘竹叫作"斑竹"，毛泽东"斑竹一枝千滴泪"的诗句，饱含深情地讴歌了"生死相许"的至爱。继而毛泽东写了寓意深切的佳句"红霞万朵百重衣"，热烈赞颂凤冠霞帔的娥皇和女英如同红霞永恒的斑斓，同时婉转地流露出对闺名霞姑的结发妻子杨开慧烈士的亲切怀念。军阀何键抓捕了杨开慧并威胁利诱其出卖毛泽东，而杨开慧宁死不屈，终被残杀于长沙识字岭，表现了大无畏的革命精神和对毛泽东的忠贞不贰。

霞之绚丽、霞之高贵、霞之高尚，无与伦比，备受人们的敬仰和赞颂。在贵州，水族同胞则奉之为神，隔7年或13年在水历10

月择日举行一次极其盛大隆重的祭"霞神"仪式，面对象征"霞神"的"人面岩"，祈求"霞神"保佑黎民百姓风调雨顺、五谷丰登。

"干青霄而秀出，舒丹气而为霞。"（晋·左思《蜀都赋》）无论是阿丹、阿霞、娥皇、女英还是霞姑，莫不大爱无畏，真爱无惧。这不就是碧海丹心的博大情怀、霞光万丈的崇高品格？

水至柔而克万物

"水至柔而克万物"（老子）是普遍现象，也是朴素真理。

三国时期，战事频繁。有一回，关羽带兵和曹操的部将于禁、庞德交战。关羽受箭伤休养，10 天后伤愈，他骑马出营观察，发现敌军驻扎低洼处。正值入秋，智勇双全的关羽遥望四周山间的溪涧，顿时喜出望外、计上心来，下令全军备船只、弩箭堵住敌军的出路。果然战备结束之夜，暴雨如注，从四面八方凝聚成势不可当的巨大力量奔泻汇聚于洼地，于禁和庞德所领七军，大都被山洪淹死，于禁被捉投降，庞德被捉拒降而被杀。这一仗均衡了曹操和刘备的实力，这就是著名的水淹七军的战例，表明了水至柔也至刚以克敌。这不是说明了精诚团结就是力量吗？

《荀子·王制》说道："传曰：'君者，舟也；庶人者，水也；水则载舟，水则覆舟。'"舟喻为君王，水喻为人民，人民可以拥戴君王，也可以推翻君王，古今中外无数事实证明了这个朴素的真理。历史上深知这个真理的明君贤臣，无不以"载舟覆舟"为座右铭。如唐太宗召集群臣商议政事，魏征丞相直言"载舟覆舟"，引经据典、权衡利弊，唐太宗从谏如流，将"载舟覆舟"的忠言书于显眼之处，律己治国，开创了史上少有的"贞观之治"，人民安康幸福。到了唐末，朝政腐败，失去民心，尽管唐朝的灭亡不是农民起义的直接结果，但从本质上即根本原因上可说是"失民心者失天下"，是

"水则覆舟"的必然结局，表明了水至柔也至刚以改朝换代。这不是说明了人心向背决定兴衰吗？

宋代崇阳县令张乖崖是个不按常规出牌的地方官。他初任崇阳县的最高长官时，社会风气很糟糕，盗窃成风，就连县衙中的库银也时有失窃。有一天，张县令见到管库银的小吏从银库里出来时神色慌张，他顿生疑窦，命随从对其搜身，从其头巾里搜出一钱。张县令便升堂审问，小吏只承认偷一钱，其他的一概不承认。张县令即予以刑罚伺候，小吏不服并说"偷一钱总不能处死我吧"。张县令被激怒，批道："一日一钱，千日千钱，绳锯木断，水滴石穿。"说完便把小吏推到市曹杀一儆百，此后社会治安局面得以扭转。"水滴石穿"传开后，俗称"滴水穿石"，意即滴水至柔、顽石至刚，持之以恒，坚持不懈，以柔克刚，表明了水至柔也至刚以克顽石。这不是说明了坚忍不拔就是胜利吗？

对于"水至柔而克万物"的现象和道理，胡适先生深信不疑。张宏杰先生的《曾国藩的正面与侧面》一书记载，胡适先生在美国留学时，有一天他和友人韦莲司一起看大峡谷的瀑布，感慨道："老子说'水至柔而克万物'，果然不错。"韦莲司非常理性地告知："你错了，水绝对不会因为柔弱才有力量，水的力量是因为有势能。"韦莲司说得对，每一滴水滴到石头上就产生一次冲击力，就是肉眼见不到的"爆炸"，也就是势能力量的表现，这是科学道理。但是，胡适先生引用老子的话也没错，老子是以文学语言描述水的最典型的形象特征而表达了深刻的哲学道理，事实上看似柔弱的水久而久之确实滴穿了顽石。韦莲司和老子对事物的观察和理解角度不同而已。

"抽刀断水水更流"（李白），这就是水的不屈不挠精神。这种精神永远演绎着精诚团结，永远演绎着人心向背，永远演绎着坚忍不拔，永远展示着"水至柔而克万物"的战无不胜的伟大力量！

清风不识字，何必乱翻书

清代雍正年间，有个名叫徐骏的庶吉士，字述夔，江苏昆山人，他的父亲徐乾学是康熙年间的刑部侍郎，他的外公是大名鼎鼎的文武双全的爱国学者顾炎武。显然，徐骏是名门之后、高干子弟、大知识分子。史书记载，徐骏从小就有才子之名，往往出口成章。他写过很多诗，其中几首的一些句子涉及"朱""明""清"，如"夺朱非正色，异种也称王""覆杯又见明天子，且把壶儿搁一边""毁我衣冠皆鼠辈，捣尔巢穴是明朝""明朝期振翮，一举去清都""明月有情还顾我，清风无意不留人"，真正夺命的一首是"莫道萤光小，犹怀照夜心。清风不识字，何必（一说'何故'）乱翻书"，加上在奏章里把"陛下"写成"狴下"，狴乃狴犴，即北方的野狗，同僚告发其怀恋明朝，"清风"则影射大清没文化，把皇上喻为北方的野狗。雍正大怒，以大逆不道（大不敬）罪降旨立斩、诛九族，这就是中国历史上有名的文字狱。清风乱翻了几页书，竟惹出惊天大案，令人胆战心惊，此后人们噤若寒蝉，心有余悸。

风为何人管束，竟敢如此肆无忌惮以致酿成人间惨剧？

东汉蔡邕在《独断》中说："风伯神，箕星也。其象在天，能兴风。"风伯这尊神，是箕星，二十八宿中东方七宿之一，为星神，能够引发风动，可令其行善，也会唆其作恶。神话传说风伯名叫飞廉，也被称为箕伯、风神，他和蚩尤一起拜一真道人为师，在祁山修炼。

飞廉的形象很怪：脑袋像孔雀的头，身体像鹿，满身豹子花纹，尾巴如同老蛇的尾巴。他和师兄蚩尤很要好，蚩尤和黄帝恶战，请来风伯飞廉和雨师施展魔法，风雨交加天昏地暗，黄帝迷失方向。风雨后黄帝制造指南车辨别方向，打败了蚩尤，收服了风伯飞廉，命他掌管风向、风力，不同季节以不同形式表现。

"二月东风来"（唐·白居易），"东风应律兮暖气多"（魏晋·蔡琰），"吹面不寒杨柳风"（宋·志南），东风就是春天的暖气，暖气者，杨柳风，杨柳风就是春风。"春风又绿江南岸"（宋·王安石），"春来江水绿如蓝"（唐·白居易），春风和煦，绿草如茵，万紫千红，生机勃勃。"万事俱备，只欠东风"，诸葛亮神机妙算"借东风"，风助火势，烈火烧了个赤壁通天，蜀吴联手大获全胜。如此给力，谁不爱东风？

"五月薰风才一信"（宋·欧阳修），"薰风摇动一天青"（宋·韩元吉），凉风习习，熏风吹拂，若无熏风，"赤日炎炎似火烧"，谁能耐得？

"金风十日秋"（宋·戴复古），"金风簌簌惊黄叶"（宋·无名氏），"飒飒西风满院栽，蕊寒香冷蝶难来"（唐·黄巢），金风者西风也，西风者乃秋风也，风吹叶落，思绪万千，故而"金风万里思何尽"（唐·杜牧），且听《天净沙·秋思》："枯藤老树昏鸦，小桥流水人家，古道西风瘦马，夕阳西下，断肠人在天涯。"（元·马致远）然而，时过境迁，"萧瑟秋风今又是，换了人间"（毛泽东），"一年一度秋风劲，不似春光，胜似春光"。

"朔风萧萧寒日暮"（唐·刘商），"朔风如刀"（宋·释行瑛），朔即北，朔风乃北风，北风为寒风。"穷就穷在债里，冷就冷在风里"，－3℃为什么比－30℃更冷？因为前者有朔风吹，后者无风。至于穷是欠债，无债即使拮据也能一身轻，风与债道理相通。

风之东、薰、金、朔，无疑是风伯飞廉的四季之分，也是文人墨客的诗情画意，其类型究竟如何细分？从其力度区分，有疾风、大风、烈风、狂风、暴风、飓风之别，狂风、暴风、飓风，尤其是飓风，对人类有毁灭性的打击，美国局部地区最常遭受飓风的祸害；从形态来看，有阵风、旋风、焚风，还有破坏性很大的台风和龙卷风；从来源分辨，有各具特色的山谷风、海陆风、冰川风；季风、信风和反信风具有明显的季节性。无论什么风，都是由太阳辐射热引起的，就是说风是由空气流动引起的一种自然现象。

"清风不识字，何必乱翻书"，这难道是风伯飞廉的指使？即使是，也只是翻翻而已，并无任何政治含义，当然，一旦被注入政治元素，文字狱的产生就在所难免。徐骏信笔涂鸦而摊上了，既已摊上，就只好随风而逝吧！

草色烟光残照里

"满面尘灰烟火色"（唐·白居易《卖炭翁》），卖炭翁伐薪烧炭南山中，烧炭必用火，有火必有烟。

烟火一家亲。传说很久很久以前，有个力大无穷、武艺高强、自私自利的魔王，他横行肆虐人间，有一天被火烧伤，因而很恼火，便施了魔法，把火锁在一间十分坚固的魔屋里。人间没了火，生食、夜里黑暗，人们不断地生病、死亡。有一天，天庭三公主巡游，了解到人间的火被魔王禁锢，她本想亲自去找魔王讨说法，忽然想到三儿子雷豹已成年，武功高强，决意让他去历练。雷豹遵照母命下凡，途经一条小河边，见一老太晕倒河边，便扶其回家，施了法术救治。老太康复，认雷豹为干儿子，母子相依为命。一晃三年过去，老太对雷豹说往东方去，找到雷爷爷，请他帮雷豹找个好媳妇。雷豹遵干娘之命，找到了雷爷爷，雷爷爷要他去竹林里爬遍每一棵竹。雷豹爬了9天，爬遍了，雷爷爷对雷豹的武功基本上信得过了，但觉得还有欠缺之处，告知他去一片森林里，找到一棵大树，树枝上有很多女人的衣服，要把粉红色的一件藏起来。原来森林边的河里有一群仙女在洗澡，洗完各自穿上自己的衣服飞上天了，粉红色衣服的仙女飞不走，雷豹和她一见如故，原来她是云仙子。两人回到雷爷爷家，雷爷爷主婚，说成亲后云仙子会助雷豹一臂之力。成亲后小夫妻俩共赴魔窟，和魔王打得天昏地暗，魔王武功和魔法都很厉害，雷豹受了伤。正当万分危急之际，魔王惨叫一声倒地，原来，云仙子趁魔王和雷豹交锋正酣时，悄然打开藏火的魔屋，取出火来将火苗喷向魔王。浓烟滚滚，魔王灰飞烟灭，雷豹和云仙子凯旋，将火送到人间。由于雷豹和云仙子为人类立了大功，天庭封雷豹为火神、封云仙子为烟神，人们十分感激这对永不分离的烟火夫妻。

"狼粪烟直上，烽火用之"，语出唐代段成式《酉阳杂俎》，说的是狼粪易于保存，燃烧产生的烟浓而直，有利于发送军情信号，"狼烟"或"狼烟四起"由此而来。但有的学者认为，狼粪少军情多不足为用，实际上燃料是红柳、芦苇以及杂草。因西域以狼为图腾，古代汉人便称其军队为狼兵，国君为狼主，狼兵入侵时，汉军把烽火叫作"狼烟"。无论是狼粪为燃料还是枯草为燃料，它们都是永不分离的烟火夫妻。

"遍地英雄下夕烟"（毛泽东）。1959 年毛泽东回故乡韶山，"喜看稻菽千重浪"。夜幕降临，万家灯火，炊烟在暮霭中弥漫，勤劳勇敢的人们踏着苍茫的暮色，融入夕烟中。这是永不分离的烟火夫妻。

"日照香炉生紫烟"（唐·李白），这香炉并非烧香的炉，而是香炉峰，火一般的阳光照射着香炉峰，紫烟袅袅，亦真亦幻，美不胜收。这是永不分离的烟火夫妻。

"清晨一支烟，神情好一天""饭后一支烟，快活赛神仙"，这里说的烟既是肉眼看得见的固体，又是肉眼看不见的随着空气飘扬的固体小颗粒，有香烟、旱烟、鼻烟、莫合烟、水烟之分。水烟主要由甘肃生产，有 4 种品牌："甘字号""肃字号""合字号""作字号"。"甘字号"质量最高价格最贵，慈禧太后爱吸"甘字号"。烟的来历很有神话色彩，说法多种，其中一说是：佛陀时代，佛在龙宫深处禅定，有两个貌美如花的魔女，为了废掉佛的戒体，使尽浑身解数，用尽所有的妖媚术，但都破不了佛的定力。这两个魔女无法得逞，心有不甘，发出恶愿报复人间：一个把粪便撒向中国，形成

气味浓厚的大蒜，使得吃大蒜者心生邪念，因之后世空门把大蒜列入荤而禁食，就连葱也禁食；一个把经血洒向印度，长成烟草，还衍生出大烟罂粟，所罗门一个500岁的老人发现这种草有奇特的味道，采摘后卖给妓女，妓女将其点燃熏吸，感到头脑清醒、浑身轻松，随后各种样式的烟就大批量生产了。明朝时印度的烟草传入中国，清朝末年英国人把大烟罂粟带入中国。越来越多的人认识到吸烟并非"快活赛神仙"，反而会因烟草中尼古丁之类毒素的危害而成"病鬼"。全世界每年因吸烟过量而致肺病、胃病、癌病、不孕症的不计其数，死亡人数高达250万！烟火夫妻永不分离，在这里却被尼古丁亵渎了，俗话说"人有失手，马有失蹄"，事出有因。

"民以食为天"，烟火，喻为粮食、吃饭、饮食。

"七窍生烟"，喻为火冒三丈、怒不可遏。

"风烟滚滚"，喻为战火纷飞。

"硝烟弥漫"，喻为炮火连天。

……

烟组词数以千计，烟入诗词近17000首，骚人墨客对烟的情有独钟可见一斑。当然，烟中有火是肯定的，如"煙"字，乃来自西土的火，简化后的"烟"还是因火而烟，说明它们是永不分离的烟火夫妻。

"草色烟光残照里，无言谁会凭阑意？"（宋·柳永）夫妻若能如同火神和烟神一样亲密无间，当然难能可贵，但是，岁月如梭，食人间烟火的恩爱夫妻终究要迎来烟光残照，终究要化作一缕青烟，自然不在乎"谁会凭阑意"了。

瘴 气 如 云

　　《三国演义》"七擒孟获"情节中的孟获是云南一带的少数民族领袖，诸葛亮带兵前去擒拿孟获途中，有人对孟获说："有条小路，躲藏毒蛇恶蝎，烟瘴弥漫，此处更有几个毒泉，沾之则死，饮之必亡。令大王稳居敝洞，若蜀兵见东路截断，必从西路而入，于路无水，若见此四泉，必然饮之，虽百万之众，皆无归矣！"诸葛亮上知天文，下知地理，世事洞明，人情练达，料事如神，命将士一律口含防瘴树叶，不饮毒泉之水，最终穿越了瘴气区。

　　"风雨瘴昏蛮日月，烟波断魂恶溪时。"这是唐代文学家李德裕对海南瘴毒危害的描述。白居易写道"瘴地难为老"，可见瘴气为虐之地的人难以长寿。韩愈被贬到潮州，给唐宪宗上表"毒雾瘴气，日夕发作"，在一首诗中写"恶溪瘴毒聚"，情景之恐怖溢于言表，请求皇上提前撤销处分，把他调回京城。还有许许多多文人墨客赋诗撰文，谈"瘴"色变。

　　瘴气为何物？古人认为瘴气是山谷丛林中有毒的动物尸体腐烂后散发的毒气，也称戾气、异气、"妖雾"。古代医学称之为山岚瘴气、瘴毒。傣族同胞还认为活着的蟒蛇、蜈蚣、蝎子、黄鳝、癞蛤蟆都会吐毒气。他们认为瘴气有三种：黑色的"仙女瘴"最毒，呈现红绿蓝黄等色的"五色瘴"毒性其次，"白雾瘴"的毒性较弱，但也可置人于死地。现代科学研究认为，瘴气是热带原始森林中动植

物腐烂后，湿热蒸郁产生的致人疾病的毒气。有的专家认为是恶性疟疾，但多数人认为瘴气和疟疾不完全相同，疟疾是中瘴毒后的表现。

瘴气并非热带森林地带独有，古墓也有瘴气，其致盗墓贼死于非命的传说古已有之，故而盗墓贼往往避开瘴气盛行之夏秋，待到寒冬瘴气潜伏时下手。民间还有一种叫"煞气"的有毒邪气，如晚辈请师傅为先人"捡骨头"，师傅开圹口时，要旁人走开，意在防止"煞气"扑面致病致死，这"煞气"实际上就是瘴气。师傅侧身凿开圹门，而后捡骨头，可见封闭在古墓棺中的尸体腐烂后必定产生瘴气，推而广之，经历战争或天灾（如地震、如瘟疫）的地区也必定会产生瘴气。

瘴气病有四种状态：

1. 哑瘴。头冒青烟淌绿水，主要是气机不畅。若是疏通了，或许可痊愈，或许留下后遗症成哑巴，疏通不了就死亡。现代医学多认为哑瘴是疟原虫感染引起的恶性疟疾，但仍存在争议。

2. 谷槎瘴。谷子收割后，稻草堆积腐烂产生致命毒气，因女性田间活动少，抵抗力差，故女性中毒居多。由此可见，植物腐烂产生的毒气也很厉害，若是断肠草之类的毒草腐烂，其毒性之大更是可想而知。

3. 篔簹瘴。肚子肿大即肝脾肿大症状明显，大如篔簹（像簸箕样的淘米竹器），有的医学家认为也是恶性疟疾。

4. 毒气瘴。感染了动物喷出的毒气而中毒，大都死亡，动物的体积越大，毒气越重。民俗文化学者江应梁1937年深入滇西地区探险考察，一位土司提供了一份资料，说在他管辖范围内的一座小山时常从地下蒸发出五色雾，接触者都死亡。江应梁便带兵从喷雾处挖地三尺，现出一个池塘，池里有手臂粗的毒蛇，还有簸箕大的青蛙，将其击毙后，这个地方的五色雾就消失了。

瘴气常见，瘴水比较少见，如位于诸葛亮七擒孟获必经之路的四眼泉水就是瘴水。瘴水的来源是动植物腐败后产生的毒素渗入地下，融入地下水而后涌出泉眼或流入溪涧。瘴水和瘴气表现形式不同，但都是瘴毒。

多瘴之地人口的死亡率高，如有的妇女生了八九胎，往往只成活二三胎，其余大都死于免疫力和抵抗力差的 7 岁之前。如云南潞江坝有 3000 多年的历史，但人口发展缓慢，中华人民共和国成立前夕还不到 3 万人，主要原因便是瘴气危害阻碍了人口的发展。

"魔高三尺，道高三丈"，瘴毒有害地区的老百姓自有其避瘴治瘴之法。

第一，消极对抗，即退避三舍，尽量躲开可能有瘴毒之处。

第二，土法上马应对：

1. 常年多喝米醋，因醋可杀百毒。

2. 烟草、艾草熏烧有瘴毒可疑之处，多数人还通过吸烟增强抗瘴能力。

3. 煮青蒿喝，提高抗瘴能力。《本草纲目》中记载青蒿是治疟疾的首选良药，临床上青蒿是治疗疟疾最重要的一味药。2015 年，屠呦呦便是因发现可有效治疗疟疾的青蒿素而获得诺贝尔生理学或医学奖。

如今瘴气或瘴水的危害似乎逐步缓解，这是综合因素使然，而原始森林的大量砍伐使得瘴毒赖以生存的空间被挤压也是一个重要原因。

尽管如此，全世界瘴毒肆虐状况还是颇为严重。据世界卫生组织统计，目前仍有 92 个国家和地区高度或中度流行难治的疟疾即瘴毒，每年发病 15 亿人，死亡人数达 200 万。我国依然是瘴气的受害国之一，解除瘴毒之患仍然不能掉以轻心。

"瘴气如云。暑气如焚。病轻时也是十分。沉疴恼客，罪罟萦

人。叹槛中猿，笼中鸟，辙中鳞。"这是宋代爱国者高登写的《行香子》的上半片。高登，福建漳浦人，曾任古田县令，因得罪卖国奸臣秦桧而受到排挤。在这首词中，他感慨瘴气如云而民不聊生，显然是乌烟瘴气的官场的写照，表达了对卖国贪腐毒于瘴的深恶痛绝，发人深省！

"万紫千红"好，还是"色即是空"好

扁鹊是名医，他见蔡桓公气色不对头，就说他的病在腠理（皮肤纹理和皮下肌肉空隙），建议他治疗，以防加重，蔡桓公不信。扁鹊走后，他对身边的人说，当医生的人很喜欢无病当有病治，表现自己。过了 10 天，扁鹊再见蔡桓公，说他的病已经深入肌肉；又过了 10 天，扁鹊见到蔡桓公，说病进一步发展到肠胃了；最后一次也是过了 10 天，扁鹊见到蔡桓公，说病入膏肓即已至骨髓了，这里说的恐怕不仅仅是一般的骨髓，应是脑脊髓、中枢神经了，他不再建议治疗，转身就走了；过了 5 天，蔡桓公身体疼痛难当，派人找扁鹊，扁鹊早已逃往秦国了，于是蔡桓公病死了。

这说明什么？说明扁鹊的色诊水平高超。

中医诊病讲究"望、闻、问、切"，望诊中望形之后就是察色，即观察患者的肤色，包括观察舌苔和舌体的颜色。

病态肤色分为白、黄、赤、青、黑五种。

白。病态白色表现为苍白、淡白、虚浮而白，与五行的金、五脏的肺、五气的燥相对应，这种病色可知病在肺脏。

黄。病态黄色表现为灰黄、黄绿色（黄疸），与五行的土、五脏的脾、五气的湿相对应，这种病色可知病在脾脏。

赤。病态赤色表现为红赤、紫红、暗红、满脸通红，与五行的火、五脏的心、五气的暑相对应，这种病色可知病在心脏。

青。病态青色表现为青灰、青紫，与五行的木、五脏的肝、五色的风相对应，这种病色可知病在肝脏。

黑。病态黑色表现为灰黑、干黑，与五行的水、五脏的肾、五气的寒相对应，这种病色可知病在肾脏。

对于色诊的研究，中医界历来很重视，名老中医王鸿谟先生根据自己40多年的临床经验，对色诊学进行了全面系统的发掘、整理和创新，于2009年5月在学苑出版社出版了《察颜观色》一书。由于症情的错综复杂，有时会出现假象，故而在临床上不能单凭色诊，应当四诊合参，王鸿谟先生在其著作中特别强调了这一点。

察言观色，在封建时代的"坐堂纠问"式办案中最为常用。如昆剧《十五贯》中的况钟，善于察言观色，入室抢劫杀人犯娄阿鼠神色不对劲，一下子就被况钟看透，他综合运用现场勘验等侦查手段，终于使得案情真相水落石出。柘荣越剧团当年演出《十五贯》，孙秀英饰况钟，董淑贞饰娄阿鼠，极其逼真，轰动一时。这两位演员先后已故，但其舞台形象永远铭刻在观众的脑际里，董淑贞的名字被"娄阿鼠"取代，她也十分乐意。由于案情错综复杂，仅靠察言观色就难免主观臆断，如当年"文化大革命"时期，政治风云人物康生就说过："我一看你的脸色就知道你是反革命！"多么唯心！多么武断！所以，他整错了很多好干部。要综合运用各种手段取得充分确凿的证据才能定案，康生一类奸贼，还不如封建官吏。

显然，中医色诊和办案察色，从哲学上理解，就是透过现象看本质。

色是什么呢？是由物体的发射光、反射光通过视觉产生的印象，即颜色、色彩、色相。

自然的颜色表现在脸上是脸色，在情景中是景色，品质上是成色，种类的区分是花色，帅哥靓妹称美色，情欲的表现是色情、好色。

色必有彩，具体可分为两大彩系12种。5种无色彩系：白、黑、灰、粉、棕。7种有色彩系：红、橙、黄、绿、青、蓝、紫。

色与人的关系密不可分，且看：

红，红红火火，充满活力，非常旺盛。中国传统认定为喜庆，贺仪用红包，共产党最爱红，早期的军队叫红军，苏维埃政权叫红色政权，所以，国民党叫共产党"赤匪"。

黄，天地玄黄，无比高贵，华夏民族的本色，黄袍加身就是至高无上的皇帝。

白，洁白无瑕，清爽神圣，天使的着装，医护人员就是白衣天使。但也象征丧事，共产党叫国民党"白匪"。

蓝，清新、秀丽、宁静，蓝田生玉，"青出于蓝而胜于蓝"。当然，也有动的时候："我爱这蓝色的海洋。"

黑，神秘静谧，月黑风高，黑灯瞎火，"近朱者赤，近墨者黑"，杀手、刽子手的着装黑色，古墓的神秘恐怖也是黑咕隆咚。

绿，青春的力量，信誉的标志，如邮政绿衣天使。

紫，浪漫的情怀，爱情的象征，神秘而高贵，如腰金青紫。

"等闲识得东风面，万紫千红总是春。"东风荡漾，绿草如茵，百花盛开，百鸟争鸣，万紫千红的人世间，如此丰富多彩，如此美好，怎么会不热爱呢？

如果人世间没有了色彩，将是一种什么景象呢？

"一颗圆光色非色，记剑何劳舟上刻。色即是空空不空，敢相凡夫当面隔。"这是宋代高僧释印肃写的《颂证道歌·证道歌》。《证道歌》是唐代高僧永嘉玄觉禅师悟道心得以诗歌形式所做的记录，这首悟道歌通俗易懂、禅理深刻、铿锵有力、朗朗上口，广为传颂。释印肃赋诗讴歌，提炼出其唤醒无数"梦中人"的核心内容——"色即是空空不空"。《证道歌》和《颂证道歌·证道歌》中的"色"，不仅仅是指美色、情色、色情、色欲，而是泛指物质、物欲；"空"，

不仅仅是指空蒙蒙的无，而是泛指精神、精神世界，简言之"色空"。有人以为，一部百来万字的《红楼梦》诠释了"色空"二字。我年少时读过民国文人傅红蓼的《行云流水》，该小说描写的是一对青年知识分子的美丽爱情，但飞机狂轰滥炸，美女毁了花容月貌，到头来，一切皆空。结尾一句"色即空来空即色"，也是"色空"，很是令人震撼的，但凡如此，到头来都是"悟空"。

"万紫千红总是春"好，还是"色即是空空不空"好？我想，人各有志吧，或者在不同的人生阶段、不同的人生境遇中有不同的人生念想吧！

谁解其中味

    2013 年 2 月 28 日 22 点，云南省普洱市墨江县太阳广场发生一起凶杀案，两人死亡，凶手隐没在茫茫的夜色中。深夜 1 点重案组接警，带警犬"化煌马"追踪，几个小时后就锁定犯罪嫌疑人。30 年来，普洱警犬发挥其特殊作用，破获大案要案 300 多起，功不可没。浙江省温州市公安局刑侦队警犬管理大队的一只史宾格猎犬"米粒"也是"破案高手"。有一次瑞安发生一起命案，凶手逃离杀人第一现场，侦查人员发现地上零星血点，便指令"米粒"搜索，"米粒"嗅气味追踪，在附近的草堆里搜出一个带血的口罩，继而搜索到凶器、尸体等。"米粒"在 7 年的破案生涯中立下了汗马功劳，被公安部南京警犬研究所评为"功勋犬"。

    警犬为什么这么厉害？因为人的嗅觉细胞有 500 万个，狗达到 2.2 亿个，能够分辨 2 万种不同气味。有人说狗的嗅觉灵敏度是人的 40 倍，有人说 80 倍，有人说 1 万倍，有人说上百万倍，相差很大，莫衷一是，但可以肯定，狗的嗅觉灵敏度绝对高于人。经过特殊训练的警犬或军犬的嗅觉灵敏度高于普通的狗，如一个人离开他的处所，只要 2 个小时以内警犬嗅到这个人留下的气味，就能够搜索到这个人，因为，全世界没有一个人的气味（体味）是相同的，正如世界上没有完全相同的脸谱、指纹、笔迹。

    "与善人居，如入芝兰之室，久而不闻其香；与不善人居，如入

鲍鱼之肆，久而不闻其臭。"孔子以花圃和鱼店打比方，说的是"近朱者赤，近墨者黑"的道理，说明同化作用是巨大的，就是说人若处于一定的自然环境或社会环境，久而久之就适应了这个环境，人与人之间则是互为环境，久而久之也就互相适应。如一部心理学科普读物举了个颇为奇葩的例子：一个男士和他的妻子极其恩爱，不幸的是妻子去世了，多年后他续弦，尽管这位后任妻子各方面条件都不亚于原配，夫妻俩相处得也很和谐，但不足之处就是行云雨很不协调，原因在于男方没有激情，难以如胶似漆。他对心理医生坦言："前妻有狐臭，我习惯了，一闻到臭味，就兴奋起来，现任妻子没有狐臭，撩不起我。"人们常说"爱屋及乌"，此君爱妻也爱及令人恶心的狐臭了。

欧美的男性与东方男性不一样，也许是种族的原因，他们汗毛丰富，汗腺发达，体味浓烈，但多数女性有体香。不过，俄罗斯美女却另类，她们貌美得无可挑剔，但体味却很重。东方人尤其中国人，男女都有体香，女性浓些，男性淡些。体香突出的女性，很受皇上宠爱，如纣王选妃，要亲自脱去女孩的内衣内裤，闻女孩的私处和腋窝决定去留；篡汉建立新朝的王莽也有纣王一样的喜好；乾隆皇帝之所以特别宠爱香妃，便是缘于香妃全身散发着淡淡的体香。生理学家研究表明，14 岁以下的女孩基本上没有体香，15～24 岁的体香比较浓，18～20 岁是峰值期，25 岁以后逐渐退去。体香是人体分泌的荷尔蒙发出的，医学上称之为外激素或者信息素。人们说有男人味的男人往往有体香，有女人味的女人往往有体香，同性之间没有感觉，异性之间敏感，尤其是情侣之间。

1 周岁以下可爱的婴儿也有淡淡的体香，那是从脸蛋和身上散发出来的。

警犬嗅到的体味或者其他味道都是气味，人体散发出的香味或者臭味也是气味，都属于味的种类。能用舌尖感觉的是滋味，如酸、苦、甘、辛、咸、涩、鲜等 7 种。咸是味中之王，可以没有其他味，不可没有咸。含钠的咸是除了肾病和肝硬化腹水患者之外，其他人都必需的，这两种病人也要吃咸，但吃的是无盐酱油。当然，咸要适度，长期过度咸食，有可能致高血压。心理活动是寻味，如耐人寻味；情趣是意味，如意味深长；作为量词，如"四君子汤"由人参（或党参）、白术、茯苓、甘草 4 味药组成，中药饮片的量称为味，约定俗成，自古而然；舌尖感觉 7 种味，中药学只认定 5 种味，并与五脏对应，酸收敛入肝，苦坚下入心，甘补益入脾，辛发散入肺，咸软结入肾。

与味相关的词语丰富，如臭味、臭气、臭味相投、臭不可闻，如香味、香气、香飘四季、香气飘溢，还有如俗话之类的"若要甜，加点盐""吃得苦中苦，方为人上人""辣椒虽辣，辣不死人；橄榄虽苦，苦中有味"。"味"入诗的，如"味味将来了了"（元·王哲）、"味胜玉浆寒"（宋·王仲甫）等。

"满纸荒唐言，一把辛酸泪。都云作者痴，谁解其中味？"曹雪芹在《红楼梦》第一回如此写道。为"解其中味"，96 万字写了 975 个人物，其中 452 个有名有姓、栩栩如生、形象呼之欲出。《红楼梦》，自问世以来注家蜂起，研究流派林立，形成了新老"红学派"，仁者见仁，智者见智，争论不休。车尔尼雪夫斯基说"文学是生活的教科书"，高尔基说"文学是人学"，我国著名的文艺理论家周扬说"文艺是时代的风雨表"，因此，可以认为大观园的一副对联"世事洞明皆学问，人情练达即文章"，其世事人情就是《红楼梦》的味。什么味？酸、苦、甘、辛、咸，五味杂陈，人生百味。

天行健，君子以自强不息

"天行健，君子以自强不息。"什么意思？

1. 时光的飞逝像离弦的箭，君子要自觉地努力向上，永不松懈。

2. 天的运行康泰良好，君子应当效仿天而自强不息。

3. 宇宙不停运转，人应效法天，永远不断地前进。

4. 宇宙运动刚劲强健，相应于此，君子应刚毅坚卓、发愤图强。

5. 天道的特点是永远不停地运动变化，因此君子应自觉地发奋向上，永不松懈。

还有许多解释，各有各的道理。

天是什么呢？

是天空：无边无际；

是自然状态：天灾；

是自然而然的现象：天生；

是天气：晴天、阴天、雨天；

是时间：白天、五更天；

是时间数量：一天、两天；

是季节：春天、夏天、秋天、冬天。

当然，还有人姓天，天是万家姓中的一员。

天是怎么来的？

传说远古时候没有天和地，处处是混沌一片漆黑一团，人类在这种境况下熬过了1.8万年。一个名叫盘古的力大无穷的人出现了，在他醒来之际，睁开眼什么也见不着，非常愤怒，于是手持斧头乱砍乱劈，轻清的物体飘上去，形成了天，重浊的物体下沉，形成了地。为了不让天地重合，盘古顶天立地，天不断增高，地不断增厚，他也不断长高。又过了1.8万年，他累倒爬不起来了，他的四肢变成了擎天柱，他的眼睛变成了太阳和月亮，他的呼吸变成了风，他的喊声变成了雷，他的头发变成了高山，他的血液变成了江河，他的泪水变成了雨露甘霖，他的肌肤毛发变成了花草，从此人类得以顺应天地而生存发展。

谁来管天呢？

管天的叫天帝，就是大上的主神，俗称老天爷。有人说天帝是帝俊，有人说是黄帝，有人说是昊天上帝即玉皇大帝，姓张的。这个张天帝很软弱，常被大臣调侃、欺负，孙悟空大闹天宫，他吓得躲到桌子底下。老张是老天爷的说法最普遍。

其实，盘古开天地和老天爷管天都是神话传说，是民间文学，不是科学，有趣就是了，我们还得相信科学。

天字由"一"和"大"组成，就是说天是第一大的，换句话说，是最大的，至高无上的，没有什么能比天高比天大的了，高大到什么地步？高大到无边无际，空空的，老百姓叫天空，或者叫天宇，科学家取名宇宙。

宇宙里有什么呢？有很多星球，如地球、月球、金星、木星、水星、火星、土星、天王星、海王星、冥王星，很多星球构成星系，如银河系。银河系在神话传说中是王母娘娘头上的银钗划出的天河，每年七夕在天河鹊桥上相会的牛郎和织女的爱情故事很凄美。当然，这又是好听的神话传说而已。

宇宙即天有没有意志呢？

科学家和唯物主义哲学家都说天就是自然或者自然界，不是人类，所以没有意志，但有其自身不以人的意志为转移的客观运行规律。

天的客观规律不以人的意志为转移，表现在哪里呢？比如说一年四季春夏秋冬，比如说月有阴晴圆缺，比如说白昼和黑夜的转换，等等，谁也无法左右，谁也无法创造和改变，只能适应和加以利用。

古来对天的态度主要有两种：

第一种是孔子的"畏天命"。所谓天命就是客观规律，就是有"定数"的"天意"。有人说孔子的"畏天命"是消极的迷信思想，但从整部《论语》看，孔子积极入世很现实，对鬼神"敬而远之"并不迷信，其总体上唯物色彩浓厚。"畏天命"就是敬畏自然，倡导顺其自然，因为无数事实证明了"顺者昌，逆者亡"。

第二种是王安石的"天变不足畏"，就是天不怕地不怕，盲目崇奉"人定胜天"。比如说，战国时的商鞅变法，变法就是改革，当然是促使社会进步的好事，但是，只在原有制度的框架内违背发展规律地改，就是"天变不足畏"的唯意志论的一意孤行，结果前功尽弃，终究复辟了，商鞅遭到了车裂即五马分尸的酷刑。王安石也进行大刀阔斧的改革，也是在原有制度的框架内我行我素地进行，对所谓的反对派司马光和苏东坡等人进行排挤打击，最后变法流产了，他的下场比商鞅好得多，可告老回江西临川老家颐养天年，但郁郁不乐而死。至于"人定胜天"的情形是有的，例如：

1. 抗震救灾或者抗旱保丰收之类，这是发挥人的聪明才智即主观能动性，在可能的有限的范围内取胜。若是山崩地裂时还猛冲猛打，那无异于猴子火中取栗，能够"人定胜天"吗？所以，说到底还得顺应"天意"，即客观规律。

2. 天时不如地利，地利不如人和，这也是"人定胜天"的表现。如三国的曹操得天时，孙权得地利，刘备得人和。一则刘备是汉室宗亲，名正言顺；二则刘关张义结金兰成一体，"人心齐，泰山移"；三则军师诸葛亮智慧赛神仙且忠心耿耿；四则刘备宅心仁厚，得人心。本是"得人心者得天下"，但因关羽之死，刘备为小义而忘大仁，诸葛一生谨慎而晚年用人不当，加上阿斗昏庸无能，违背"天意"，蜀国灭亡是必然的。

"畏天命"和"天变不足畏"的本质区别，简单而又通俗地说，就是顺其自然和不顺其自然。

天是什么，不言而喻了。

"天行健，君子以自强不息"，应如何理解呢？我想是这样的：

天是天体、自然规律；行是运行、运转；健是稳健、飞速；君子是品德高尚、有智慧的人；以是遵循、遵照、凭借、按照、依照；自强不息是争分夺秒地坚持不懈地发展壮大自己。天和君子乃天人感应，天人合一。"多少事，从来急；天地转，光阴迫。一万年太久，只争朝夕。""我们的目的一定要达到，我们的目的一定能够达到。"我认为毛泽东的千古佳句，应是最好的注解，也是中华民族的伟大精神。

地势坤，君子以厚德载物

　　"盘古开天地，中华立根基。三皇五帝夏商周，春秋战国百家聚。秦王扫六合，大汉雄风起。三国鼎立两晋南北朝，隋唐又统一。唐威通天下，宋韵建海隅。辽金元明清兴衰交替，辛亥风云急。血肉筑长城，古国迎晨曦。东方醒狮，昂首腾飞，自强不息。"这首歌谣是华夏民族的一部简明扼要的通史，道尽了上下五千年的兴衰更替，警醒后人不可数典忘祖。

　　传说远古时候，有个力大无穷的人名叫盘古，他开天辟地，把人们从混沌漆黑中解放出来，从此，人们生存发展于深厚的大地上。

　　盘古开天地是神话传说，其意在说明地球是人类的母亲，讴歌赞颂了中华民族不怕艰难、不怕牺牲、勇于开拓进取的伟大精神。

　　《易传》曰："地势坤，君子以厚德载物。"传说中盘古劈的地就是地球，是太阳系当中的一颗行星。46亿年前，地球起源于原始太阳星云，距离太阳1.5亿公里，自西向东自转，同时围绕太阳公转，其平均半径6371公里，表面积5.1亿平方公里，海洋面积占71%，陆地面积占29%，是包括人类在内的上百万生物的家园。大地如此深厚，能够承载万物，品德高尚、有智慧的人如同大地一样，具有无限的容量，能够承载厚重的福报。

　　"大肚能容天下难容之事。"清代康熙年间，安徽桐城人张英担任文华殿大学士兼礼部尚书，相国地位，他老家官邸与吴家为邻，两家院落之间一条小巷为两家公共通道。吴家盖房子，要把公地占为己有，看吴家如此霸道，张英家人很气愤，告到县衙，县官见两家都是名门望族，不敢轻断。张英家人送加急信给张英，张英也知道吴家蛮横，但毕竟"宰相肚里好撑船"，便给家人复信："千里来书只为墙，让他三尺又何妨？万里长城今犹在，不见当年秦始皇。"家人领悟，退出三尺，吴家人见状，很是羞愧，也退出三尺，桐城的"六尺巷"由此得名，传颂着厚德载物的佳话。更为感人的是一个小人物的孝心，说的是春秋战国时鲁国有个名叫周闵损的人，他的母亲亡故后，父亲娶了后妻，又生了两个儿子，后娘虐待他，他忍着，从不向父亲倾诉。有一天他跟父亲赶车出去，因天寒地冻而浑身发抖，掉了缰绳，父亲怒而鞭抽他，见冬衣绽破露出芦花，才得知后妻欺凌闵损，回家后立马要休妻。闵损跪求父亲原谅后娘，说娘在，只是一个儿子受寒，若是娘走，就要三个儿子受寒。父亲作罢，后娘感动不已，从此善待闵损如己出。闵损如此大度，乃真正的厚德载物。

《易传》曰："积善之家必有余庆。"张英积善厚德载物，身居高位而善终，其长子张廷瓒官至少詹事，次子张廷玉雍正年间也为相国，三子张廷璐雍正年间官拜礼部侍郎，四子张廷璩雍正年间为内阁大学士。

孔子曰："德不配位，必有灾殃。"张英的三子张廷璐没有遵父训循兄道，把握不住自己而卷入科场舞弊案招来杀身之祸。更为令人发指的是，春秋时期齐国有个名叫易牙的人，是著名的厨师，经人推荐给齐桓公当御厨，齐桓公吃了他烹饪的菜觉得很可口。有一次随意说了一句人肉的味道不知如何，说者无心听者有意。几天后齐桓公吃到一碗肉羹，觉得特别美味，问易牙这是什么肉，易牙跪拜答道，他把3岁的儿子杀了剔出好肉烹饪而成。齐桓公觉得易牙忠心耿耿，便不断提拔他。相国管仲临终前忠告齐桓公要收拾奸人

易牙，不收拾是祸害，齐桓公听不进去。后来易牙趁齐桓公病重，拥立公子无亏，太子昭被逼奔宋，五公子内乱，齐桓公被易牙控制而饿死，齐国衰微。易牙干政失败，避到彭城重操旧业当厨师开饭馆。这就是德不配位。

如何积得厚德？寂静法师讲故事说道理：有个人打算把一缸水装满，便拿了两个桶挑了一整天水，老是不满缸，他以为桶太小了，换成大的，还是挑不满。他仔细观察水缸，发现有漏洞，补了漏洞，水缸很快就盛满了。寂静法师说，积德就是挑水，漏洞就是生命亏欠的，就是所做的错事，如果一边不断地积德一边不断地做错事，就不可能积成厚德。这说的是改错比积德更重要，改错也就是积德，有错不改不要说积厚德，就是小德也难积成，无厚德哪能载物呢？

战国时卫国左氏（今山东菏泽曹县）的吴起，先后在鲁、魏、楚三国居于高位，为官清廉，带兵打过许多胜仗，通晓兵家、法家、儒家，是著名的军事家、政治家。他带兵打仗，能与士兵同吃同住，能够睡在露天，毫无架子和特权，颇得人心。但是，他的一些行为却令人大跌眼镜：他家境富有，官瘾十足，因四处买官不成而倾家荡产，遭乡人嘲笑。他恼羞成怒，杀了30多个嘲笑他的人。他拜曾参的儿子曾申为师学儒，母亲去世，他不奔丧守孝，曾申斥其不孝，断绝师生关系。他投奔鲁国，齐宣公发兵攻打鲁国，鲁穆公拟起用吴起抗齐，但因其妻是齐国人，鲁穆公有疑虑，吴起断然杀妻表明心迹效忠。打败齐兵后，鲁穆公还是不信任吴起，把他革职。

吴起投奔魏国，后来又投奔楚国。楚悼王去世，楚国贵族射杀吴起。楚肃王继位，下令车裂吴起。吴起殁年42岁。

显而易见，无厚德难以载物，德不配位必有灾殃。积德的同时又缺德，无异于无德，也必有灾殃，这是不争的事实、不容置疑的硬道理。

日 晕 而 雨

"羲和盖天地始生，主日月者。"太阳叫日，也叫日头，又名白
景、宝镜、赤盖、丙火、羲和等，共有 100 多个名称。太阳从哪里
来的？神话传说来自于太阳神。中国传统神话中有 6 个太阳神，最
早出现的一个是羲和国帝俊的妻子羲和，她生了 10 个孩子，即 10
个太阳。孩子们轮流值班，天下老百姓就幸福安康，如果一起出来，
大地就热得难当，庄稼就绝收。有个名叫羿的人，是神箭手，深受
人们的爱戴，他一怒之下射掉 9 个太阳，留下 1 个。由于羿有大羿
和后羿，究竟是哪个羿射日，有争议，不过，这是神话，不必太当
真。"夸父追羲和，欲挽丹砂毂。"有个名叫夸父的人，志存高远，
身体强壮，善于长跑，他为了把太阳装到自己的心里，从而左右春
夏秋冬、二十四节气、十二时辰，便不分昼夜地追逐太阳。太阳非
等闲之辈，不是说追就能追得上的，夸父追了很远，终因口渴而死
于途中。传说太阳的家在太阳山，那里的金银财宝非常多，太阳外
出了，太阳山就很凉快。离太阳山不远的地方有一对兄弟，父母去
世后，哥哥霸占了全部的财产。弟弟很穷，但很勤劳很善良，一只
鸟带他去太阳山取宝，他只捡了一颗宝石回家做启动资金，经营有
方，很快就致富了。哥哥问缘由，他如实相告，哥哥便带上大布袋
跟着鸟儿去太阳山，他装了一大布袋金银财宝还舍不得走，太阳回
来了，鸟飞走了，哥哥被烧死了，尸体上长出很多虫。鸟来吃虫，

舍不得离开，太阳回来了，鸟和哥哥一样都因贪心而被烧死。"人为财死，鸟为食亡"，便是源于这个故事。太阳的故事太多了，讲不完。

神话中的太阳充满浪漫的神奇色彩，当作故事听是极好的。科学上对太阳的解释是怎么样的呢？

太阳是恒星，位于太阳系的中心，地球、火星、水星等八大行星以及其他小行星、流星、彗星等天体都围绕太阳公转，太阳则围绕着银河系的中心公转。太阳的直径大约是 139.2 万公里，体积是地球的 130 万倍，质量是地球的 33 万倍。从化学组成上看，太阳质量的 3/4 是氢，余皆氦、氧、氖、碳、铁以及其他重元素。太阳内部以核聚变的方式释放光和热，其表面温度 5500 摄氏度，中心温度 2000 万摄氏度。科学家测算太阳的寿命约 100 亿岁，如今已 45.7 亿岁，按辩证法的观点，任何事物都有发生、发展、消亡的过程，末日的到来是肯定的，但还极其遥远。

太阳总是明镜般的圆圆的、红彤彤的，但有时太阳的周边却是毛毛的、昏昏的、糊糊的，这种现象人们时有所见。2008 年 6 月 26 日清晨，上海外滩出现了一种美不胜收的现象，这就是"日晕"。有人惊呼，有人拍照，有人交头接耳。见多识广的老人们说，古人认为"日晕"是凶兆，象征战争或者别的血光之灾，若从阴阳学说来剖析，必定是小人或恶妇祸乱朝政。当然，这种说法站不住脚，真正的预兆是下雨，"日晕而雨"，具体地说是"日晕三更雨"。2018 年的一天，陕西西安就出现过"日晕三更雨"。2015 年 6 月 4 日下午 2 点左右，云南省丽江市金沙江边的天空上出现极其美丽的"日晕"，气象预报 5～10 日阴晴交错，有暴雨，4 日夜间果然下起了倾盆大雨，很是灵验。当然，未必全都应验，如浙江省宁波市分别于 2016 年 4 月 18 日、2017 年 3 月 20 日、2017 年 5 月 19 日出现过"日晕"，但都未下过"三更雨"。

"日晕而雨"或"日晕三更雨"是古人的气象经验总结，有一定的参考价值，但不完全靠谱，至于"凶兆"，显然是封建迷信。

　　"日晕"的形成和高云有关。高云一般是由微粒冰晶组成的，相当于三棱镜，太阳通过高云中的冰晶时，经过两次折射、反射，便在太阳周围出现一个或若干个内红外紫的彩色光环，有时候还会出现更多的彩色或白色的光点和光弧，这就是大气光学现象"日晕"的形成。

　　"日晕而雨"和"月晕而风"以及"础润而雨"都是同样的自然现象，与"山雨欲来风满楼"（唐·许浑）有着异曲同工之妙，揭示了事物内部的关联性，启发人们要"见微知著"，要有预见性，要防患于未然，这就是"日晕而雨"的辩证法。

月 晕 而 风

"毛月亮，猛鬼现"，这样的夜晚，孤魂野鬼纷纷跑到阳间作祟，古人大都这样认为。

传说，唐朝末年，云南的一个小山村有个孤儿名叫三百，十几岁就跟一个姓陈的人学做法事糊口。这个姓陈的人本是道士，因不守道规，被逐出道观而浪迹江湖，但他仍以道人自居，人称陈道人。师徒俩意气相投、配合默契。有一天，陈道人带着徒弟翻山越岭去一个村子做法事。天色暗了下来，月亮慢慢地升上了天空，一会儿，月亮的周边蒙上了一层淡淡的光圈，山野四周黯然失色，凉风飕飕，树叶沙沙，树枝在凄冷的朦胧的月光下摇曳，路旁一座座古墓新坟，让陈道人师徒毛骨悚然、胆战心惊。好不容易进了一个村子，找到一户人家，这户人家住着一对老夫妻，老头子形容枯槁、身躯佝偻，老太婆骨瘦如柴、傻里傻气。陈道人给了点小钱，安顿了下来。饭后师徒俩同房分床入眠。夜半更深，三百被床底下的怪声惊醒，仔细听，似乎有人在吃东西，陈道人也醒了过来，发现老太婆嚼着一只老鼠，满嘴是毛和血。被师徒俩发现，她便悄然离开房间。陈道人和三百吓得不轻，熬到天亮，问老头子怎么回事，老头子也一头雾水，说自从独子暴病去世，老太婆伤心过度而发心疯病，此后家禽全都失踪，村里家家户户的家禽也不翼而飞。陈道人暗自思忖：摊上猛鬼了！师徒俩急忙远离。午时光景，狂风骤起，陈道人更加坚信"毛月亮，猛鬼现"的古老传说。

"毛月亮"的出现毕竟少，在多数情形下，月亮要么圆圆的，要么弯弯的，边界都很清晰，光华都非常皎洁，充满着诗情画意。

苏东坡词曰："明月如霜，好风如水，清景无限。"

如此美好的清景，欧阳修为金童玉女们悄声耳语："月上柳梢头，人约黄昏后。"

哪里的月最明呢？杜甫诗云："露从今夜白，月是故乡明。"

李白思乡情切："床前明月光，疑是地上霜。举头望明月，低头思故乡。"深秋的月夜，皎洁的月光如同银霜铺地，勾起了诗人对故乡的思念。若无如同银霜的月华，何来此景此情？

"春风又绿江南岸，明月何时照我还？"王安石大发感慨。

怎么办？办法总比困难多，李白别出心裁了："举杯邀明月，对影成三人。"为何？汉代的焦赣说过，"酒为欢伯，去忧来乐"，曹操从另一个角度说道："何以解忧，唯有杜康。"

张九龄毕竟是才高八斗、位高权重的一代名相，具有卓识远见，善于高屋建瓴，其"海上生明月，天涯共此时"一句，表达了"人同此心，心同此理"。

说到广寒宫，早在唐代李白就说过，吴刚"欲折月中桂，持为寒者薪"。宋代李曾伯"问讯广寒宫殿"。伟人毛泽东在《蝶恋花·答李淑一》中则说"吴刚捧出桂花酒"。奔月的嫦娥呢？李商隐写道："嫦娥应悔偷灵药，碧海青天夜夜心。"在伟人毛泽东的笔下，"寂寞嫦娥舒广袖，万里长空且为忠魂舞"，也为革命做贡献了。玉兔干什么呢？李白回答"白兔捣药成"，接着他却问道："问言与谁餐？"不言而喻，在陪伴寂寞的嫦娥的同时，玉兔也在制作长生不老的灵丹妙药给天庭的玉帝享用。

广寒宫里的真实情形是怎样的呢？月亮就是月球，古代中国人还称其为太阴、玉盘、玉兔、婵娟、蟾蜍等。月球是地球的天然卫

星，其直径大约是地球的 1/4，质量大约是地球的 1/81，与地球平均距离大约 38 万公里。1969 年 7 月 20 日下午 4 时 17 分 42 秒，美国宇航员阿姆斯特朗第一个踏上月球，之后共 20 个宇航员踏上月球。月亮之所以有月光，并非自身发亮，而是反射太阳光的结果。所谓广寒宫及其神话故事，是古代文人和民间高人的虚构。

"毛月亮"为何物呢？是"月晕"，就是光透过高空上面的卷层云，受到冰晶折射的作用，七色复合光被分散为外紫内红的光环或光弧，围绕在月亮周围，显得毛毛的。月亮的光芒受到影响，是气候变化的征兆，预示着将要刮风了，这就是"月晕而风"，可具体到"月晕午后风"。

"鬼在心中。"世上并无"猛鬼"，老太婆晚年失独而心疯，夜半三更吃老鼠吃家禽，是梦游症、异食症，更严重的会吃人的尸体，甚至亲人的尸体。陈道人师徒以为世上有鬼，怕是其长期"驱邪逐鬼"实则装神弄鬼的心理暗示而已。

纤云弄巧，飞星传恨，银汉迢迢暗度

　　七夕仰望灿烂的星空，牵牛星和织女星分别位于银河两岸相对的天鹰座和天琴座，这两颗璀璨的星星，衍化出了一个美丽的爱情故事。

　　很久很久以前，有个名叫牛郎的少年，他父母双亡，依靠哥嫂过日子。嫂子刻薄，逼走牛郎。牛郎和一头老牛相依为命。一天又一天，一年又一年，牛郎长成壮实的小伙子。有一天，老牛突然说话："孩子，今天七个仙女下凡洗澡，你把你所喜爱的一个仙女的衣服藏起来，她就回不了天庭，就可成为你的妻子了。"牛郎按照老牛的指点，找到了在河里洗澡的七个仙女，他最爱慕最年轻最美丽的织女，便把她的衣服藏了起来。织女回不了天庭，见了牛郎，爱上了他，结成夫妻，男耕女织，还生育一男一女，过着甜蜜幸福的生活。天帝得知织女犯天规，命王母娘娘把织女押回天庭。老牛触断头角变成小船，牛郎挑着一双儿女乘船追赶，将要追上时，王母娘娘从头上拔出银钗，划了一道波涛汹涌的天河，隔开了牛郎和织女，一对恩爱夫妻从此隔河相望。他们的坚贞爱情，感动了喜鹊，无数喜鹊用自己的身体在天河上搭桥。天帝无可奈何，只好允许每年的七月初七让牛郎织女鹊桥相会。这一天就是"七夕"，也称"七巧日"，是中国本土的"情人节"。

　　古往今来，有多少诗词讴歌鹊桥相会，有多少戏曲赞美牛郎织

女。宋代秦观的《鹊桥仙·纤云弄巧》最为令人荡气回肠："纤云弄巧，飞星传恨，银汉迢迢暗度。金风玉露一相逢，便胜却人间无数。柔情似水，佳期如梦，忍顾鹊桥归路。两情若是久长时，又岂在朝朝暮暮。"

薄如轻纱的云彩飘忽变幻，耀眼的流星传递着恩爱夫妻的愁思哀怨，银河遥远无际波浪翻腾，（我）在夜幕下悄然渡过。这秋风凉爽白露清冽的天上七夕相会，胜过无数世俗夫妻的朝夕厮守。卿卿我我倾诉相思，柔情似水，短暂的相会恍如梦幻，分别时不忍心回看那充满悲情的鹊桥。两情相悦地久天长，又何必强求朝夕相处的恩恩爱爱呢？

"飞星传恨"，浪漫至极。《汉书·天文志》记载："飞星大如缶，出西南，入斗下。"杜甫诗云："飞星过水白，落月动沙虚。"古人对飞星有过研究，飞星入诗词的不只杜甫和秦观，还有其他诗人词人。何以如此钟爱？因飞星乃流星，是运行在星际空间的流星体，接近地球时因与大气摩擦燃烧而产生了光迹，有单个流星，有火流星，还有流星雨，非常亮丽，流星雨更是美不胜收。古人认为飞星是吉祥之兆，自然最能入骚人墨客的法眼。秦观以浪漫的手法，用吉祥而亮丽的飞星"传恨"，给人以巨大的想象空间与美的享受，这就在情理之中了。

"银汉迢迢暗度"，夸张至极。银汉就是银河，也叫星汉、云汉、星河、天河，古印度人认为是"天上的恒河"，古芬兰人认为是"鸟的小径"，古瑞典人认为是"冬天之路"，古希腊人管它叫"乳之路"，说的是赫拉发现宙斯以欺骗的手段诱使她去喂食年幼的赫尔克里斯，乳汁溅洒在天上，成了"乳之路"，还有一种说法是赫尔墨斯偷偷地把赫尔克里斯带到奥林匹斯山，趁他睡觉时吸他的乳汁，乳汁喷射到天上变成了银河。神话传说很优美，科学解释也很有趣。银河为什么会特别亮？因为银河是银河系的一部分，银河系大约有

1500 亿颗恒星，其质量大约是太阳的 3 万亿倍，直径达 10 万光年，这些恒星发出无限的光，银河自然耀眼璀璨了。至于整个宇宙有多少颗星星，那更是"天文数字"了，毋庸置疑，秦观的手笔之大宛若巨椽。

"忍顾鹊桥归路"，鹊桥之路究竟有多长，就是说牵牛星和织女星相距多远？天文学家告诉人们：两星相距 160 万亿公里。如果牛郎和织女互相通电话，对方要等 16 年后才能听到，然而在秦观笔下竟是咫尺之间，何等豪迈！

"两情若是久长时，又岂在朝朝暮暮"，如此坚贞不渝，如此诚挚不欺，如此地久天长，不就是飞星般的高远吗？不就是银汉般的博大吗？"大丈夫志在四方""男子汉四海为家"，胸怀祖国、放眼世界的青年才俊，所要追求的不就是这样纯洁而又崇高的爱情？

五洲震荡风雷激

——雷的自述

　　鲁迅先生如雷贯耳、举世皆知，为什么？因为他是伟大的文学家，他的著作万世不朽，尤其是中篇小说《阿 Q 正传》，极其深刻地揭露、批判了国民劣根性"精神胜利法"，被列入世界文学之林。他的诗作不多，但每一首都是精品，其中一首《无题》写到了我："万家墨面没蒿莱，敢有歌吟动地哀。心事浩茫连广宇，于无声处听惊雷。"在一片黑暗的恐怖情景中，出路在何方？人们心事重重。在苦闷彷徨时，人们听到了我的怒吼，也就是鲁迅先生的呐喊，这就是唤醒民众的革命惊雷。鲁迅先生和我心灵相通，对我无比厚爱，我受宠若惊。

　　我出生于古雷泽，没有姓，单名雷，俗称雷公，也叫雷神。我出生后的形象是龙的身体、人的脑袋，鼓起肚子就响雷。在进化过程中，我的形象变成了猴脸尖嘴，难看多了，不过，我的地位升高了。在道教中级别最高的是天尊，我是"九天应元雷声普化天尊"，在《封神榜》中人们可以看到我的神位排行榜。

　　我主管雷霆，是惩罚罪恶之神，如果有人做了触犯天条的大坏事或者造成严重后果的言而无信之事，我就会大发雷霆而五雷轰顶。人们为了巴结讨好我，在每年农历六月二十四日我生日的那天举行祭祀仪式，请求我驱邪避灾。

其实，这些都是神话传说，黎民百姓之所以对我顶礼膜拜，是缘于我会伤害人畜并能击毁建筑物和林木。真实的我是这样产生的：带异性电的两块云相碰引起高温，以致空气极度膨胀、水滴汽化，继而发出了强烈的爆炸声，这就是雷声，这就是惊雷。人们为什么先见电闪后听雷鸣？一则先发光后发声，二则光速高于音速。

现实中有人遭我击打而伤亡的事件确实发生过。2009 年 6 月 3 日下午，佛山市顺德区突发雷雨天，一些建筑工人和一名 80 多岁的老人在一个简易工棚里避雨，我途经这个工棚，怒吼一声，不小心造成 5 死 1 重伤；美国有一个人被我击打过 5 次都安然无恙，后来他死了，有一天我经过他的墓穴，不知怎么的，我忍不住大吼一声，把他的棺材掀开并轰炸了他的尸体。雷击事件在世界各地都有发生，因为，我暴跳的频率是非常高的，全世界平均每分钟发生雷暴 2000 次，一年 365 天共 52.56 万分钟，我就要暴跳 10 亿多次。尽管频率如此之高，但人的一生遭我击打的概率也只有 1/600000，女性遭我击打的概率仅是男性的 1/6，更低了。男性的概率为什么会比女性高得多？原因是男性的雄激素偏多，使毛发旺盛而皮肤干燥，其身体就会自带大量的电荷，比较容易遭到我的劈头盖脸的打击，但几乎不会死亡，只会造成永久性的创伤。如美国有个将近 70 岁的老人，几十年来他被我击打过 11 次，但均只是受点伤而已。全世界每年因我而死亡的大约 1 万人，中国就有 3000 多人。被我打死的人有的身上印有字或图形，这并非我的杰作，而是闪电所致，闪电时如同摄影，可把此地的景象通过光学原理"印"到彼处或彼人身上，这种情形极少。唐代诗人章孝标诗云："深雷隐云壑，孤电挂岩树。"对于建筑物和林木，我的破坏力是很大的，不要说全世界，仅美国每年就因我发生 7.5 万次森林火灾，其他方面的破坏有时也是严重的，而且我是以迅雷不及掩耳之势、雷霆万钧之力进行雷轰电掣致其一片狼藉的。

黑格尔说："存在就是合理。"我的存在和人类的存在都是合理的，"井水不犯河水"，和平共处，这是我的一贯主张，人类只要不触犯我的底线，我是绝不伤害任何人的。当我大发雷霆的时候，人们要注意什么呢？

第一，关闭室内的门窗，不要探头探脑窥视我的隐私。

第二，不要使用固定电话。

第三，把家电的电源切断，关闭有外接天线的电视机和其他电器。

第四，不要接触自来水管、煤气管、电线、金属柄雨伞以及其他金属。

第五，不要洗澡。

第六，汽车若是被我击中，由于制造车时车内就设置了特殊的保护措施，故而不会伤及车内的人。车内的人只能待在车内，不可走出汽车，因为外面比车内更危险。

第七，不要待在空旷地，不要进入空旷地的搭盖物。

第八，不要躲进树林里或者在路旁的树荫下。

第九，不要在野外的江河溪潭游泳，不要划船钓鱼。

第十，不要穿淋湿的衣服。

第十一，不要站在高楼顶上。

第十二，不要用竹竿或木棍、更不要用铁棍捅屋檐。

第十三，不要赤脚走路，不要在电线杆附近行走。

第十四，不要在电闪雷鸣或雷雨交加时在外用手机打电话。

"神浪狂飙，奔腾触裂，轰雷沃日。看中原形胜，千年王气。雄壮势、隆今昔。"（元·许有壬）我从鲁迅先生"于无声处听惊雷"的怒吼声中，雷腾云奔到伟人毛泽东"五洲震荡风雷激"（《满江红·和郭沫若同志》）的"雄壮势、隆今昔"的"天翻地覆"中，怎不令人"慨而慷"呢？

百年如闪电
——闪电娘娘的自述

"麾驾雷车呵电母"，宋代大文豪苏东坡在他的诗中写到雷公和电母，电母就是我，也叫闪电娘娘，雷公就是雷神，是我的第二任丈夫。

我本是唐初的民间寒门女子，我的丈夫因战乱去世，我年轻颇有姿色且膝下没有儿女，登门提亲的人络绎不绝，但我若改嫁，年迈的婆婆孤身一人将如何度日？为了让婆婆安度晚年，我决心守寡，和婆婆相依为命。有一天婆婆生病，很想吃肉，可是家里穷得不见油腥，哪来的肉？病人的脾气暴，婆婆吼着非要吃肉不可，我想了想，只能学古人割股尽孝，于是，狠下心切掉左手臂的一块肉，煲了孝敬婆婆。婆婆吃着吃着，勃然大怒，痛骂我不孝至极，把香嫩的吃了，黏皮的老的味道苦的给她吃，诅咒我"天打雷劈"，骂声不断，不容我争辩。这时疾恶如仇、性情火爆的雷公刚好经过我家屋顶，听了婆婆的诅咒，不由分说，大发雷霆，来个五雷轰顶，我当场气绝身亡，衣服被击打而掀开。婆婆见我左手臂一个伤口，还渗着血水，顿时明白错怪了孝顺至极的我，她捶胸顿足，号啕大哭，恳求雷公设法使我复活。雷公说我的三魂七魄已被轰散，他没有起死回生之力，只好求助他的师父。他师父的前生是黄帝，功力非常了得，一施展了法术就把我的魂魄聚拢起来。因我孝感天地，师父

便安排我到雷公身边当他的助手，还发给我两面镜子。雷公若要击打世间的人畜或别的目标，应先由我用镜子闪照，他看清后再行动。此外，雷公修养差，很粗鲁，过分阳刚，我的性情温和阴柔，师父有意让我适当地以柔克刚。之前雷公身兼雷鸣、电闪两项工作，如今我分担了他的电闪工作，他整天乐呵呵的，我也觉得生活充实有情调，同样也是喜滋滋的。

我离开人世间上了天堂，时间长了，很是想念我的三个妹妹。世人对我和妹妹们的笼统称呼是"电"，若根据我们的机制效应定称谓，我名叫闪电，上天后就是"闪电娘娘"，她们分别是摩擦起电、静电感应、电磁感应。我的家族若是按种类分，有电荷、电流、电场、电势、电磁之别。科学家给我们下了个定义：电就是静止或者移动的电荷产生的物理现象。

谁最早发现了我们？谁最早利用了我们？公元前585年，古希腊哲学家发现摩擦过的琥珀能够吸引碎草之类的轻小物体。我国西汉、东汉、晋代的一些学者也有同样的发现，如东汉的哲学家王充在《论衡》中就记载了琥珀摩擦后吸引轻微物的情形。初中物理老师们都会指导学生做摩擦生电的实验，比如，用钢笔外壳在头发上摩擦，发热后就能吸引碎纸片。直接且具体地发现了我和雷公的是富兰克林，法拉第发现了导体在磁场中运动产生电，真正充分利用我们为人类服务的是伟大的发明家爱迪生。

我的家族给人类带来了无限的光明，给社会发展带来了动力，做出了难以估量的伟大贡献。

当然，我们也有害人的时候。2018年6月21日5时24分，深圳市国际会展中心工地，一名电工作业触电，送医院抢救无效死亡。类似的事故甚多，其原因主要是：

第一，违章作业。

第二，凭经验，业务知识陈旧，缺乏多方面电气知识。

第三，操作随意，掉以轻心。

第四，电气设备维护保养不善，火线碰壳或绝缘能力降低。

第五，工作环境不利，如光线不足等。

全世界每年死于电气事故的人数占全部事故死亡的 1/4，中国每年因此死亡 8000 人以上，我们为此痛心疾首。

常言道："日久生情，终成眷属。"我和雷公配合默契，久而久之，谁也离不开谁，于是，我就成为名正言顺的雷母或雷婆。夫妻之间如同上牙和下牙，难免磕磕碰碰，若是电闪雷鸣，世人往往调侃："雷公雷母又吵架了。"由于雷公长得像丑八怪，有人说我"好花插在牛屎堆"，但也有人说我丑，脚上只有三个脚趾头之类的。让他去说吧，"夫妻无隔夜之仇"，吵就吵了，恩爱理所当然是主旋律，而且我的工作很忙，不但要协助雷公，还要协助邻居"气象神"工作。

谚云："闪电强又猛，有云不下雨；闪电弱又多，雨水马上多。"我这个人不喜欢黏黏糊糊，很是明快，而且干脆："东闪日头，西闪雨，南闪火门开，北闪雨就来。"

"百年如闪电，未可百年期。"（宋·顾逢）人生之快，如同我之快。人生如此急促，怎么办？伟大的文学家鲁迅先生说事情"要赶紧做"，伟人毛泽东也说过"多少事，从来急；天地转，光阴迫。一万年太久，只争朝夕"。不要消极等待了，赶快"麾驾雷车呵电母"，雷厉风行吧！

万物土中生，万物归土中

"万物土中生"。地球上的生物，包括人类在内，上百万种，都离不开土，离不开土地，离不开土壤。

土是什么？

岩石经过物理、化学、生物多种形式的风化作用，产生剥蚀、沉积、搬运，形成多种形状各异的矿物颗粒柔软沉积物。不少土不仅含有矿物质，还含有多种有机化学元素。

人类的出现与土有关。

1. 进化论：无机界发展到有机界，无机界和有机界并存；单细胞发展到多细胞；有了植物再有动物；从猿到人。从根本上说，人类的出现，离不开土，离不开土地，离不开土壤。

2.《圣经》：上帝在泥坯的鼻中吹入气息，创造了亚当，取下他的一条肋骨造出夏娃。夏娃和亚当在上帝创造的伊甸园偷吃禁果，最终成为人类的始祖。上帝造人也是离不开土，离不开土地，离不开土壤。

3. 希腊神话：神从地球内部掏出土和火，再由普罗米修斯和埃皮米修斯两兄弟共同创造人类；新西兰神话：人是天神用自己的血和红土造成的。都是离不开土，离不开土地，离不开土壤。

4. 中国女娲造人：盘古开天地后，出现了母神女娲，有一天她对着水池照出自己的影子，感到形单影只，很是孤独，心想世上应该多几个像自己一样的人。于是，抓一把泥土加点水，捏出像自个样子的泥偶，放在地上，风一吹，就变成活蹦乱跳的生物，女娲给取名"人"。为了造出更多的人，她用藤条抽泥浆，越抽人越多。这说明"女娲造人"也是离不开土，离不开土地，离不开土壤。

土是谁管的？

众所周知，土地公管土，当然是管一切和土有关的事务。土地公的前生名叫张福德，此人聪颖至孝，36 岁中进士。他为官清廉，德高望重，享年 102 岁，去世三天，仍容颜如生。一贫户念其善德，搬来四块大石头围起祭祀。不久这户人家脱贫致富。众人纷纷集资盖庙宇敬奉，称其"福德正神"。此后每年正月初一或十五、初二或十六，举行仪式祭祀，闽东一带叫"作福"。"福德正神"属于"社神"，深得民心。他还极富同情心，设法让人人致富。他见到死了亲人的家属哭得天昏地暗，恻隐之心油然而生，设法让人人不死。他的夫人土地婆提醒他说，如果人人都富，没了穷人，苦活累活脏活就没人干了，人人坐轿子就没人抬轿子了，如果人人都不死，世界上堆满人，就会人吃人。土地公觉得自己的女人和别的女人不一样，头发长见识也多，便听取了枕边风。世人因此对土地婆不怎么样，只敬土地公不敬土地婆。

人对土有着难以割舍的情结。因土生土长，往往故土难离、安土重迁。一个国家的领土，是这个国家各民族赖以生存的载体，绝不容被侵犯，定然寸土不让、寸土必争。土能治病，如灶心土雅称"伏龙肝"，温中止血、止呕止泻，治胃寒、便血、妊娠呕吐等。中医人体脏腑中的脾脏比象为土，俗称脾土，脾统血、脾主肌肉、脾主四肢，脾乃后天之本，治病治本，必扶土、培土，脾和胃乃互为表里，胃乃水谷之海，脾气足则胃气鼓舞，就健康。金末元初李东垣毕生研究脾胃，著有经典著作《脾胃论》，形成脾胃派或称补土派，其后从医者十之八九都崇奉补土。临床上投以补中益气丸之类

的方剂，往往如桴应鼓，可见土与人乃天人感应、天人合一。

"万物归土中"。"落红不是无情物，化作春泥更护花。"（清·龚自珍）土生土长的花如此，参天大树叶落归根也是如此，还有许许多多的植物莫不如此。"天也妒，未信与，莺儿燕子俱黄土。"（金·元好问）万物之灵的人，也是如此，"死者为大，入土为安"。

"万物土中生，万物归土中。"这就是物质不灭定律，这就是辩证法，这就是数万年反复证明了的颠扑不破的真理，相信吧，人们！

江山如此多娇

　　"江山如此多娇"，这是毛泽东在其千古不朽的《沁园春·雪》中的一句，只因"江山如此多娇"而"引无数英雄竞折腰"。

　　"看万山红遍，层林尽染。"深秋时节，枫叶红似火，熊熊的革命烈火，燃遍祖国大好却又破碎的河山。"问苍茫大地，谁主沉浮"，"指点江山，激扬文字，粪土当年万户侯"，意气风发，慷慨激昂。

　　"山下旌旗在望，山头鼓角相闻。"1928 年 8 月 23 日，湘、赣敌军各一部进犯井冈山，红军守军虽不足一个营，却凭借天险英勇抵抗，"黄洋界上炮声隆，报道敌军宵遁"，大获全胜。

　　"今日向何方，直指武夷山下。"1931 年 1 月初，敌军 14 个团围剿闽西苏区，毛泽东采取各个击破的战术取得胜利，故而"山下山下，风展红旗如画"。

　　"头上高山，风卷红旗过大关。"1930 年 2 月，"十万工农下吉安"，队伍经过崇山峻岭的广昌，声势浩大，军威大振。

　　"不周山下红旗乱。"《淮南子·天文训》："昔者，共工与颛顼争为帝，怒而触不周之山，天柱折，地维绝。天倾西北，故日月星辰移焉；地不满东南，故水潦尘埃归焉。"共工以失败告终，后女娲补天，颛顼善治天下。毛泽东见解独特：文中没说到共工死了，看来共工没有死，确实胜利了。"不周山下红旗乱"说明什么？反第一次大"围剿"，全歼敌军 9000 人，活捉了国民党军总指挥张辉瓒，继

而乘胜追击，在东韶地区将第 50 师歼灭一半。这次反"围剿"共消灭敌人一个半师，缴枪 1.3 万支。

"白云山头云欲立，白云山下呼声急。"为什么？这是反第二次"围剿"，"七百里驱十五日"，"横扫千军如卷席"，歼敌 3 万多人，缴枪 2 万多支，大获全胜。

"雨后复斜阳，关山阵阵苍。"大柏地雨后彩虹艳丽无比，经过战斗的洗礼，"今朝更好看"，这就是祖国壮丽的河山。

"踏遍青山人未老，风景这边独好。"这是"颠连直接东溟"的"会昌城外高峰"，战士们跋山涉水挺进南粤，那里的风景"更加郁郁葱葱"。

"山，快马加鞭未下鞍。惊回首，离天三尺三。山，倒海翻江卷巨澜。奔腾急，万马战犹酣。山，刺破青天锷未残。天欲堕，赖以拄其间。"高耸云天，气势磅礴，无比坚韧。

"苍山如海，残阳如血。"血红的夕阳中的苍山，如诗如画，激发起战士们"雄关漫道真如铁，而今迈步从头越"的壮志雄心。

"万水千山只等闲"，"更喜岷山千里雪"，二万五千里长征路，红军战士跋山涉水，表现其革命英雄主义精神和革命乐观主义精神。

"横空出世，莽昆仑。"毛泽东在《念奴娇·昆仑》一词中，没有出现"山"字，却把"阅尽人间春色"的昆仑山"飞起玉龙三百万，搅得周天寒彻"的雄伟气魄以及"太平世界，环球同此凉热"的博大胸怀，表现得淋漓尽致。

"六盘山上高峰，红旗漫卷西风。"六盘山海拔 3500 多米，山路曲折盘旋，是红军长征路上最后翻越的一座高山。仰望"天高云淡"，"不到长城非好汉"的凌云壮志，鼓舞人心。"今日长缨在手，何时缚住苍龙？"反问而道出胜券在握。

"钟山风雨起苍黄，百万雄师过大江。"毛泽东挥师直捣国民党"心脏"南京。钟山下腥风血雨，半壁江山回到人民手中，"宜将剩勇追穷寇，不可沽名学霸王"，不获全胜，决不收兵！

"截断巫山云雨，高峡出平湖"，这是"一桥飞架南北，天堑变通途"的壮观，人民的力量使得江山更加壮丽，"神女应无恙，当惊世界殊"。

"绿水青山枉自多"，祖国河山多而美丽，血吸虫病的危害致河山失色，人民奋起和瘟神做斗争而"青山着意化为桥"，胜利属于人民。

"一山飞峙大江边，跃上葱茏四百旋。"这是天造地设、鬼斧神工的庐山，奇景令人目不暇接，难怪苏东坡感叹"横看成岭侧成峰，远近高低各不同。不识庐山真面目，只缘身在此山中"，美不胜收。

"九嶷山上白云飞，帝子乘风下翠微。"美丽的自然景色，美丽的爱情神话，交相辉映。"我欲因之梦寥廓，芙蓉国里尽朝晖"，祖国大地阳光灿烂。

"暮色苍茫看劲松，乱云飞渡仍从容。天生一个仙人洞，无限风光在险峰。"这首七绝是毛泽东的《为李进同志题所摄庐山仙人洞照》，诗中没有"山"字，但句句写山，集高、险、峻、美于一诗，展示了革命者不怕险阻、坚忍不拔、淡定从容的大无畏精神。

"待到山花烂漫时，她在丛中笑。"这是一幅绝美的百花图，寒梅的傲雪风骨，在毛泽东笔下呈现出别具一格的风采，既是江山美如画的标志，又是中华民族自强不息、无所畏惧的精神象征。

"久有凌云志，重上井冈山。"旧地重游，别有一番滋味。追昔抚今，"旧貌变新颜。到处莺歌燕舞"，一派升平景象，令人欢欣鼓舞。何以能有如此骄人的成就？只因"世上无难事，只要肯登攀"。

毛泽东写过100多首诗词，经其亲自审订的39首（其中小令3首）公开发表，涉及"山"的有23首。每一首诗词都情景交融，描绘了一幅幅瑰丽的画卷。

山为何物？

地理学家告诉我们，山是地壳上升地区受河流切割而成，在地面形成的高耸部分。

世界五大名山是：阿尔卑斯山、富士山、喜马拉雅山、乞力马扎罗山、圣海伦修斯火山。

中国五大名山是：泰山、衡山、华山、恒山、嵩山。

山可融入人文中，例如：恩重如山，比喻恩情大；重如泰山，比喻生命价值高；寿比南山，比喻长寿；高山流水，比喻友谊深厚长久；山盟海誓，比喻爱情坚贞不渝。还有很多与山有关联的词语。

江山是什么？

简言之，指山川、山河，其政治意义是指政治自治权区别出来的领地。

"江山如此多娇，引无数英雄竞折腰"，然而，"数风流人物，还看今朝！"

精美的石头会唱歌

有一个美丽的传说

精美的石头会唱歌

它能给勇敢者以智慧

也能给勤奋者以收获

只要你懂得它的珍贵啊

山高那个路远也能获得

……

蒋大为的歌声，激发起人们对木鱼石的景仰之情。

辽宁省鞍山市东南方向 17 公里处有个叫千山的地方，很久很久以前，这里的寺院、尼姑庵、道观散布四处，出家人吃素念经，拜佛或拜神仙，躬耕陇亩，种粮食种蔬菜，自给自足，还上山采药、行医治病行善。崇山峻岭的千山，也是土匪窝，有一彪人马的头目名叫飞天虎，他武功高强，凶顽彪悍，心狠手辣，经常率众打家劫舍、烧杀掳掠、奸淫妇女，就连出家人也不放过。有一天，他带了一班喽啰到龙泉寺抢劫，找不到金银财宝，就把药材全都抢去。第二年秋天还是来抢，飞天虎见一个年轻尼姑在采药，颇有姿色，也把她抢走。方丈无可奈何，僧众集思广益，联络千山所有出家人，大家团结一心，苦练刀枪棍棒，约定若是山匪来犯，击打木鱼石为

号，集结抗匪。又一年秋天，飞天虎再次进犯龙泉寺，僧人击打木鱼石，各路出家人闻讯赶来，把飞天虎的一班土匪打得落花流水。从此以后，千山得以太平，木鱼石闻名遐迩，俗人游览千山，敲打木鱼石讨吉利，美丽的石头竟发出神奇美妙的歌声……

木鱼石神奇，而鸡血石则是"凤凰传奇"。

有一对美丽的凤凰，在无垠的天空中自由自在地翱翔，突然发现人世间哀号泣血，原来是蝗灾闹得粮食颗粒无收。凤凰悲天悯人，扇起翅膀，灭了蝗虫，再飞到王母娘娘那里，讨来琼浆玉液，洒向人间，万物生灵恢复了生机。凤凰在凤凰山安居，有一天来了不速之客——凶猛的狮子，善良的凤凰把它奉为上宾。过了些日子，狮子要占领凤凰窝，凤凰不肯，狮子凶相毕露，张开血盆大口要吃掉它们，它们奋起抗争，狮子被啄伤，凤凰飞走。狮子发现锦鸡像凤凰，便扑过去咬掉锦鸡的一只脚，鲜血溅洒玉岩山。凤凰闻讯赶来，扇起翅膀，扇得狮子伤口疼痛难当而死去。但锦鸡成了独脚鸡，它的鲜血染成的石块成为珍贵的鸡血石。位于昌化的鸡血石尤为名贵，据说可兴家辟邪、镇国安邦，不仅帝王将相乐于收藏，达官贵人和富商巨贾也乐于收藏，文人雅士更是乐于收藏、鉴赏、把玩。为纪念凤凰和独脚锦鸡，人们在山下修建百花亭供奉。

"女娲遗石在人间"，"天遗瑰宝在闽中"。盘古开天地，诞生了母神女娲，她捏土造人，开创丰富多彩的人间。共工头撞不周山而致苍天裂开口子，女娲炼石补天，之后，她的心情格外好。有一天，女娲驾祥云遨游太空，看见绿波荡漾的溪水，心血来潮，便把补天剩下的一些五彩斑斓的石块撒下，久而久之，堆积成各种金光闪闪的珍贵的宝石，如高山石、花田石、溪蛋石，还有水晶冻石、牛蛋石等数十种宝石。女娲撒石的地方是福州寿山一带，因此，这些宝石取名叫寿山石，同样具有神奇色彩，也同木鱼石一样给人以智慧和美的享受。

其实，绝大多数石头在我们的眼里是最常见最普通不过的了，然而，没有石头就没有世界，这是不言而喻的。那么，石头是怎样产生的呢？

石头是构成地壳的矿物质硬块，是各种元素发生化学反应生成的产物，或者说是地壳运动挤压隆起，更简单地说是火山喷发岩浆冷却而成的。石头的种类可根据其生成或产地或形态划分，可分成最基本的十几种：氟石、木化石、砂片石、蜡石、英石、黑云母石、户县石、昆山石、宣石、无壁石、孔雀石、芙蓉石、菊花石、龟纹石、千层石、鹅卵石等。

在漫长岁月的磨砺中，石头和人血肉相连，密不可分。比如说，坚如磐石，比喻意志坚定；铁石心肠，比喻冷血，不为情所动；粪坑里的石头又臭又硬，比喻顽固不化；落井下石，比喻趁人危难之际加害于人；投石问路，比喻谨慎试探；以卵击石，比喻不自量力；石破天惊，原意器乐之声，延伸为惊天动地之意；玉石俱焚，比喻好人和坏人同归于尽；石沉大海，比喻毫无消息；水落石出，比喻真相大白或者案件侦破；他山之石可以攻玉，比喻别人的经验可以借鉴；锲而不舍，比喻坚持不懈、持之以恒；还有好多石和人亲和的典故和掌故。

"锲而不舍"应用频率极高，出自《荀子·劝学》："锲而舍之，朽木不折；锲而不舍，金石可镂。"锲就是镂刻，舍就是停止，意思是说拿一根朽木来镂刻，如果半途而废，朽木还是朽木；如果持之以恒，即使是坚硬的金属或者石块，也能镂空刻成。

"锲而不舍"和"锲而舍之"给人以学业上的警醒和鼓励。如古代天下第一棋手弈秋，他有两个徒弟：一个专心致志、坚持不懈，很快就成为高手；另一个心有旁骛、一曝十寒，永远成不了高手。在科学领域，锲而不舍的精神在科学家身上得到最为充分的体现，如著名的数学家陈景润对"哥德巴赫猜想"研究的锲而不舍，极具

典型性。

锲而不舍在爱情上则是精诚所至金石为开的执着，是海枯石烂不变心的坚贞，比如说梁山伯与祝英台，比如说《孔雀东南飞》中的焦仲卿和刘兰芝；锲而舍之，就有"杯水主义"之嫌。

锲而不舍在政治上是志在必得的抱负和滴水穿石的意志，锲而舍之则是成事不足败事有余的机会主义。

木鱼石的传说美丽，木鱼石会唱歌，唱着团结战斗打败恶势力的战歌；鸡血石的传说美丽，鸡血石也会唱歌，唱着战胜邪恶的颂歌；寿山石的传说美丽，寿山石也会唱歌，唱着炼石补天的伟大赞歌。所有的石头都很美丽，所有的石头都会唱歌，唱着中华民族安如磐石之歌……

听吧，蒋大为继续唱道：

> 有一个美丽的传说
> 精美的石头会唱歌
> 它能给懦弱者以坚强
> 也能给善良者以欢乐
> 只要你把它埋在心中啊
> 天长那个地久不会失落
> ……

风沙挥不去印在历史的血痕

　　我喜爱越剧，越剧中我喜爱尹派，尹派剧目中我喜爱《沙漠王子》。《沙漠王子》中《算命》一折我最爱听，听茅威涛唱或者赵志刚唱，我如痴如醉。"无意之中遇公主，公主的芳名叫伊丽"，30多年来我时常独自深情地唱这一句，唱得怎么样另当别论，能够怡然自得就行了。

　　《沙漠王子》一说取材于蒙古族的民间传说，另一说取材于《天方夜谭·越光宝盒》，是著名的剧作家徐进先生编的。1946年芳华剧团成立于上海，为演出这一出新戏，尹桂芳饰王子罗兰，竺水招饰公主伊丽。1986年尹派演唱会上，尹桂芳、傅全香、李金凤、尹小芳、张效芳、茅威涛、王君安五代同唱《沙漠王子·算命》片段。

　　剧情悲喜感人：

　　蒙古西萨部落国王被酋长安达杀害，王子罗兰才一岁，忠义之士救了他，一同流亡沙漠。过了十几年，罗兰成长为器宇轩昂的美少年。有一次他邂逅沙龙酋长的貌若天仙的公主伊丽，两人一见倾心，相约来年再聚。过了一年，罗兰赴约，而公主早已被杀害罗兰父王的安达抢去。罗兰乔装入宫与公主相会，把随身玉佩交给公主，最终公主逃离而他被安达施妖术致双目失明。罗兰后得沙龙相助，起兵杀了安达，夺回王位，但他思念伊丽，便放弃王位，怀抱古琴，乔装算命先生，四处寻找心上人。有一日寻访到霍酋长营外，弹奏

起古琴，伊丽逃离后恰巧留居于霍酋长营中，她听到熟悉的琴声，命人把算命先生召进帐内，算命时伊丽认出罗兰，两人相拥而泣。罗兰复得玉佩，双目复明，"有情人终成眷属"。

"穷荒绝漠鸟不飞，万碛千山梦犹懒。"（唐·岑参）这就是沙漠荒凉的景象。沙漠又称沙幕、荒沙、戈壁，是沙质荒漠化的土地，植物极少，水极少，空气干燥，其面积约占全世界陆地面积的1/3。以色列的沙漠占国土的75％，中国的沙漠面积高达130万平方公里。世界十大沙漠是：撒哈拉沙漠（面积达900多万平方公里，相当于欧洲的陆地面积）、阿拉伯沙漠、利比亚沙漠、澳大利亚沙漠、戈壁沙漠、巴塔哥尼亚沙漠、鲁卜哈利沙漠、卡拉哈里沙漠、大沙沙漠、塔克拉玛干沙漠（面积约33万平方公里）。中国的八大沙漠是塔克拉玛干沙漠、古尔班通古特沙漠、巴丹吉林沙漠、腾格里沙漠、柴达木沙漠、库姆塔格沙漠、乌兰布和沙漠、库布齐沙漠。

沙漠如海，称为死亡之海，常有探险家和驴友进入沙漠，犹如走上不归路。陆地上的沙漠尚且如此，海上沙漠更是"海上公墓"，如大西洋的塞布尔岛的沙漠，因在此旅游或探险或科考而丧生的近5000人了。沙漠形成时，数不尽的人畜葬身沙海，沙漠底下固然有石油之类的矿产，但最多的是动物和人类的尸骨。

沙漠像巨大的猛兽，张开血盆大口，和人类争夺生存地盘。全世界沙漠地每年以5～7万平方公里的速度扩展，中国的沙漠地每年以3000多平方公里的速度扩展，形势非常严峻。100多个有沙漠的国家都以严正的态度采取应对措施，然而，收效不是很理想，任务极其艰巨。

"冰冻三尺，非一日之寒。"沙漠形成更非一日之功，大自然的恶作剧是其中一个原因，如天然的戈壁不断地扩展，如长期严重干旱或者干燥且昼夜温差巨大导致岩石风化，成为砾石，再风化成为沙料，风吹沙料形成沙丘，再扩展、延伸，形成了荒漠。人为破坏生态环境也是一个原因，不毛之地逐步扩张演变成沙漠的地盘。还有至今尚未破解的成因之谜，如撒哈拉沙漠，本是广袤的绿洲，公元前 5000 年左右，一时间不知来自何方的风沙铺天盖地，数百万平方公里的沙漠突现于地球，无数生灵葬身于沙堆底下，成为永远的冤魂。

"阴风吼大漠，火号出不得。"（唐·贯休）沙的脾气很暴，故而发作起来，在强风和强热力的配合下，或者单干，或者协同尘土，肆无忌惮地横行霸道，表现为翻滚冲腾，或者漫天昏黑，或者风沙墙耸立，能见度不到 1 公里，造成环境污染、土地退化，影响交通安全和生产生活，危害人体健康，使生命财产遭受损失。科学家研究发现，7000 万年前就有沙暴出现。史书记载，3000 多年前我国西北地区发生过"黄沙"即沙暴，中华人民共和国成立以来也多次发生严重的沙暴。如 1995 年 5 月 5 日，甘肃省发生特大沙尘暴，降尘量高达 2 亿多吨；1998 年 4 月，西北惨遭沙尘暴，46.1 万亩农作物受灾，11.09 万头牲畜死亡，156 万人受灾，直接损失 8 亿元。

"攀登高峰望故乡，黄沙万里长，何处传来驼铃声，声声敲心坎；盼望踏上思念路，飞纵千里山，天边归雁披残霞，乡关在何方；风沙挥不去印在历史的血痕，风沙挥不去苍白海棠血泪……"（《梦驼铃》）儒雅俊俏的台湾歌手费玉清，唱出了荒漠的苍凉悲怆，缠绵悱恻的歌声，萦绕在无边无际的荒漠上空，和着《沙漠王子》"声声敲心坎"的醇厚质朴、跌宕有致、深沉忧伤的旋律，令人荡气回肠。敢问沙漠王子罗兰听见了吗？敢问沙漠公主伊丽听见了吗？

和其光，同其尘

　　"腊月二十四，掸尘扫房子"，说的是"祭灶"前后，各家各户大扫除，闽东人叫"扫堂"，为的是一尘不染、干干净净。为什么在这个时间段举国上下都这么讲究卫生呢？这是有缘由的。传说古时候，每个人的身上都附着一个三尸神，他是玉皇大帝派到人世间的密探，专门收集人们对玉皇大帝的看法。三尸神心术不正，他给玉皇大帝发了99999封告密信，谎称人世间很多人咒骂玉皇大帝，企图谋反。玉皇大帝勃然大怒，命三尸神把图谋不轨的人家打上记号，由蜘蛛结网，再派王灵官除夕时下凡尘，把这些人家满门抄斩。三尸神好不得意地认为灭尽世人，他就可独占凡尘，于是，他到处做记号，陷害无辜。各家各户的灶神爷得知三尸神使坏，便聚集开会商量保护世人的对策，会议决定要求世人在王灵官下凡尘之前进行大扫除，清除一切污诟、垃圾、灰尘，把三尸神做的记号连同蜘蛛网清理掉。王灵官下凡尘后进行了全面检查，发现并无三尸神密报的那种情形，便回到天庭如实禀报，玉皇大帝大发雷霆，降旨将三尸神掌嘴三百，打入天牢，永世不得翻身。人们为了对灶神爷表示感谢，便将每年腊月廿三、廿四、廿五这三天定为"祭灶"日。

　　尘为何物，竟能引发人神的共同关注？从字的会意可见，"塵"是鹿飞跑扬起的"小土"，这个字简化后就是"尘"，即"小土"，非常微小轻飘的土，比如说粉尘或者烟尘之类的。"天增岁月人增寿"，伴随"小土"的年岁不断增长，其含义也得以不断延伸，如：

1. "四方渐泰，表里无尘。"（《魏书》）这个"尘"指的是战乱，天下太平，没有战事，黎民百姓可以安居乐业了。

2. 东海扬尘。晋代医仙、炼丹家葛洪的《神仙传·麻姑》记载："麻姑自说：'接待以来，已见东海三为桑田，向到蓬莱，水又浅于往昔，会时略半也，岂将复还为陵陆乎？'方平笑曰：'圣人皆言，海中行复扬尘也。'"说的是沧海桑田。

3. "这个婆娘不是人。"一户有钱人家的老太太做寿，请个文才好的秀才说几句好听话，热闹热闹，图个吉利，这个秀才一开口就这么冲的一句，老太太和她的家人怒不可遏。秀才慢条斯理地说："且慢，我还没说完。"接着说道，"九天仙女下凡尘。"老太太转怒为喜，笑得合不拢嘴，家人也心花怒放。秀才话锋一转："儿孙个个成盗贼。"老太太气得脸色都变青了，她的儿孙们个个摩拳擦掌要揍秀才，秀才还是不紧不慢地接了最后一句："偷得蟠桃奉至亲。"老太太和她的儿孙们以及众来宾皆大欢喜，秀才收到一个大红包，也乐不可支。"尘"在这里引申为人世间，也就是凡间或凡尘。

4. 凡尘即人世间，相对于天庭而言；还有一说是红尘，这是缘于佛家所称有碍身心开朗的欲念为"尘"，凡根未绝为尘念，与空门相对而言。遁入空门的出家人四大皆空、六根清净、万念俱绝而看破红尘，在红尘中的人大都尘念萦绕于心为情所困。请听叶倩文的《潇洒走一回》："天地悠悠，过客匆匆，潮起又潮落，恩恩怨怨生死白头，几人能看透？红尘呀滚滚，痴痴呀情深，聚散总有时，留一半清醒留一半醉，至少梦里有你追随。我把青春赌明天，你用真情换此生，岁月不知人间多少的忧伤，何不潇洒走一回！"既在红尘中，就不必在乎清规戒律，更何况老年人去日苦多来日不多，理应放松自我潇洒走一回。

5. "和光同尘。"尘，若为灰尘则四处弥漫飞扬，若是凝聚成片

就是尘埃。后者跟随前者是步其后尘，人马喧嚣是尘土飞扬，追赶不上是望尘莫及，一路上风餐露宿、来去匆匆就是风尘仆仆，盛情接待为洗尘接风，"出淤泥而不染"同一尘不染，气焰嚣张为甚嚣尘上，卖淫为生称沦落风尘，大功告成或者事情有了结果叫作尘埃落定，长期封存无人过问是蛛网尘封，死了讳称撒手尘寰。还有许许多多这样的尘或者那样的尘，小人物或者有瑕疵的人比喻作"尘"或者"尘埃"。老子在《道德经·四章》中是这样说的："和其光，同其尘。"后人简化为成语"和光同尘"，说的是光耀和灰尘混同，就是好人和有瑕疵的人并存。老子这句话既有哲理，也有科学道理。科学家告诉人们，如果空气中没有灰尘，宇宙中的许多有害射线就会毫无阻挡地闯进地球，肆无忌惮地直接威胁人类和各种生物的生命安全；如果没有灰尘的吸水性和核心作用，云、彩霞、霜雪雨露就无法形成；如果没有灰尘，太阳光就得不到吸收和反射、折射、散射；如果真的一尘不染，就没有人类和各种生物了。至于"扫堂"，只是要求把太多有害的灰尘扫掉，干净、对人们的健康无害就可以了，其神话传说的教育意义也就在于此。老子这句话和孔子的"君子和而不同"有着异曲同工之妙，就是说人们的相处原则是求同存异，正如《大戴礼记·子张问入官》中所说的："水至清则无鱼，人至察则无徒。"因为"一粒米养千百种人""大千世界无奇不有""社会是人的关系的总和"，若不"和光同尘"，就可能"茕茕孑立，形影相吊"，成为"孤家寡人"，这种人是很痛苦的。

潭清疑水浅，荷动知鱼散

李白乘舟将欲行，

忽闻岸上踏歌声。

桃花潭水深千尺，

不及汪伦送我情。

李白的这首《赠汪伦》，写的是他坐上小船即将离开泾县，忽然听到桃花潭岸上好友汪伦唱的民间小调《踏歌》，桃花潭的碧水即使深达千尺，也比不上他与汪伦的深情厚谊。

汪伦是安徽歙州黟县（今黄山市）人，诗人，唐天宝年间任泾县县令，致仕后定居风景如画的泾县桃花潭畔。他是李白的好友，听说李白旅居南陵叔父李冰阳家，便写信邀请李白到他家小住叙旧，好菜好酒款待。二人游山玩水，切磋诗文。李白临行前，汪伦送给他名马 8 匹、官锦 10 缎，还在桃花潭畔古岸阁设宴践行。

桃花潭位于泾县以西 40 公里处，南临黄山，西接九华山，与太平湖紧密相连。潭水潋滟，碧波幽蓝，潭边怪石嶙峋，古树苍翠，藤蔓纷披，令人流连忘返。

桃花潭水真的"深千尺"吗？就是说约深达 333.3 米？想必是夸张。李白写诗历来夸张，如"黄河之水天上来""飞流直下三千尺，疑是银河落九天""白发三千丈""燕山雪花大如席"等，所以，

桃花潭深是肯定的，但应该没有那么深。全世界公认最深的潭在美国德州，这口深潭的周边布满青苔，潭水幽深阴暗，看着就令人不寒而栗。有不少科考人员和不怕死的游泳爱好者敢于跳潭施展本领，但所有的冒险者都没能潜入 10 米以下，到了 10 米这个深度，人就感到被吸住往下沉。科学家用声呐探测仪探测到潭下 13 米时，就受到强烈的电磁波干扰，无法解释这是为什么。科学测量深度，得知最深处 40 米左右。由于冒险而葬身于这口深潭者已达 10 人，但还是有人前赴后继，因为，人类是最有好奇心的高等动物。

各国都有各具特色的名潭。中国的名潭如日月潭、姐妹潭、三色潭、安保潭、青龙潭、白龙潭、净月潭、绿渊潭、绿翠潭、桃花潭等，都有着美丽的传说，蜚声中外。全国各地都有别具一格或深或浅或大或小的潭，柘荣县就有数以百计的潭，其中母亲河溪坪溪（龙溪）的五斗潭留下了我挥之不去的身影和情思。

五斗潭位于溪坪溪下游的山丘潭头坪麓，北岸连着溪坪里，潭中心在潭头坪的牛鼻障下，潭水幽蓝。潭的上方是湾岱，是五斗潭的组成部分，水色墨绿，阴气袭人。这口潭形成于何年何月，不得而知，为什么叫五斗潭，也没有确切的答案，反正五斗潭就是五斗潭吧。

鬼的传说。小时候住在溪坪里，天黑了，常可见到五斗潭上面的潭头坪飘着好多红色或者蓝绿色的小火团。大人们说那是鬼火，我问父亲是不是，父亲说世上没有鬼，那是磷火，动物尸体散发出的磷在空气中摩擦发火。后来读了科普读物，我明白了。大人们说，丧生于五斗潭的人成了水鬼，为了"托替"（找到替死鬼即可投胎重生），在夏天的夜晚，像破蓑衣的样子，趴在岸边或者坝下，等候有人触碰再拉下水。如此骇人听闻，夜晚自然不敢去五斗潭边，其他水潭边或溪边也不敢去。年岁长了，见识广了，知道所谓水鬼纯属子虚乌有。破除了迷信思想，夏天的夜晚，我就敢和朋友们一起或者独自去潭边、溪边散散步，吸一吸别样的新鲜空气，寻找别样的新鲜感觉。

溺水者或者轻生者的归宿。听说自古以来不幸溺水于五斗潭或者跳进五斗潭轻生者好多，具体多少没有数字。我所熟悉的溺水者或者跳潭自杀者就有几个，有的游泳溺水，有的因政治上的原因、夫妻不和、被大人骂想不通而自杀。

刑场。镇压反革命运动和后来的枪决死刑犯，大都在五斗潭岸边执行，这是当年柘荣县的主要刑场。

靶场。解放军或者民兵的实弹演习主要在五斗潭一带，演习前圈定警戒线，靶子大都插在牛鼻障岸上，以步枪射击为主，也有扔手榴弹，轻机枪和手枪也偶有展示威力。

渔场。五斗潭的官鱼、甲鱼很多，大都是本地人划着小舢板拖着渔网罩住水里的鱼洞，用长竹竿猛戳鱼洞，把鱼赶进渔网。浙江平阳人来五斗潭是放鹭鸶捕鱼。我们一群孩子见到平阳人来了，就兴奋得像过春节一样，围在岸边观看。鹭鸶好棒，潜入水中一会儿，浮出水面便游到小舢板边，平阳人抓起鹭鸶，挤捏它的胃口，一条条柘荣人叫作"溪白"的鱼即鲢鱼便从鹭鸶的嘴里吐出来。平阳人大丰收，我们很羡慕，嘴里的口水直往肚子里吞。

天然游泳池。我念一年级时，我哥哥念三年级，他很早就和他的同学背着家长去五斗潭游泳。我父亲很生气，说不怕一万只怕万一，因为每年都有一两个孩子游泳溺水身亡，他命我监视我哥哥。在监视中，我却被拉下水学游泳。那时的孩子夏天只穿一条裤子，脱光下水叫"宰白"，就是猪毛刮净光溜溜白净净的比喻。我先学狗爬泳、潜水，后学自由泳、蛙泳、侧泳、仰泳之类的，先在浅水区，后进入深水区。由于我都没有传递情报，父亲和其他家长怀疑我和哥哥们"同流合污"了，于是，大人们亲自突袭。有人眼尖，一声"阿爹来了"，众"浪里白条张顺"们纷纷出水拎起衣裤光着屁股作

鸟兽散。此后就跟家长捉迷藏，有时去河洋潭，有时去瓠头井，就连塔里坑的那个小潭也去。我一直游到 33 岁，后来基本上不游泳了。游泳对增强体质尤其是增大肺活量有好处，如今我这一大把年纪还能够把《红星照我去战斗》唱下去而不破声，应是得益于游泳，当然，也要感谢五斗潭。

"潭清疑水浅，荷动知鱼散。"（唐·储光羲）几十年光景一闪而过，深不可测的五斗潭，如今"鱼翔浅底"，融入仙峤公园。人事沧桑，如今我垂垂老矣，孩提时代的水上游伴，多数人已与我阴阳两隔了。然而，五斗潭的水深，游伴们的情深，永远永远地烙在我的心田里……

清 清 溪 流

"晴明风日雨干时，草满花堤水满溪。"杨万里的这两句诗，写的是一阵大雨之后，太阳出来了，微风吹拂，地面上的雨水干了，而溪水涨满了，溪边的青草更青了，花儿更美了。

溪究竟为何物呢？自然地理的定义是：河床窄于5米且不平坦、水流速度变化多端的水流为溪流。若是河床宽于5米则为河流。实际上并非完全如此，如福建省惠安县五陵溪的溪面宽达6～30米，福建省福安市富春溪的溪面宽处则达数百米。

"武夷山上有仙灵，山下寒流曲曲清。"（宋·朱熹）武夷山有三十六峰、九十九岩，峰与岩交错，谷底溪流蜿蜒而三弯九曲，故名九曲溪。九曲溪全长10公里，面积8.5平方公里，每一曲都各具特色，如诗如画，都有百听不厌的动人的优美传说，吸引了无数游客。

"不临深溪，不知地之厚也。"（战国末期·荀况《荀子·劝学》）深溪全世界处处有，丘陵地带的福建省柘荣县溪流特别多。双城镇的溪坪溪，当年深在哪里呢？深在河床不平坦形成的潭。

1. 柘江潭。这个潭在溪坪溪的上游，上城（龙城）的西面城墙下，潭面宽阔，究竟多深不得而知，也不知何故无人在此游泳，更未听说有人溺死。

2. 屎马桶窟。这个潭范围小，潭面窄潭底宽，在上城碇步下面，下城（柳城）东面城墙外，紧连着前鼎，死过不少人。1968年

夏天，柘荣发洪水后溪坪溪水暴涨，屎马桶窟潭面上方是小瀑布，我和其他四个同学去那里游泳，观其阵势，溪水咆哮奔腾，惊心动魄，有两个同学作壁上观，我和另外两个先后冒险冲浪。那时的我等三人是血气方刚的年轻人，面对卷起千堆雪的激流，颇有"风萧萧兮易水寒，壮士一去兮不复还"的英勇气概。我们艰难地爬到瀑布上头，闭起眼来俯冲下去，瞬时便潜入潭的深处，但不见底，待浮出水面时，已被冲到恐怖的前鼎边，赶紧游上岸。至今想起，觉得荒唐，心有余悸。若是被淹死，轻如鸿毛，何苦来着？不过，那时的我们，都觉得自己的命不怎么值钱，也许是少不更事吧。

3. 前鼎、后鼎。前鼎和后鼎是下城东城墙下紧密相连的两个潭，潭面宽阔，潭水幽蓝，寒气逼人。后鼎有多个旋涡，极少有人去这两个潭游泳，但却是古来轻生者的归宿，有因政治运动想不通投身于后鼎的，也有因夫妻不和男方跳进后鼎自尽的。究竟有多深？我小时候常跑到城墙下往前鼎、后鼎投石，水声响不大，浪花溅不高，据说这种情形说明水很深。20世纪70年代有个调到柘荣不久的干部，其子不知前鼎、后鼎之深之险恶，独自一人下水畅游，下得去出不来了，次日尸体浮出水面，增添了前鼎、后鼎的神秘色彩。

4. 瓠头井。这个潭面积比较大，但不算很深，最深之处也就3米左右，来这里游泳的人最多，但也有人到此轻生或游泳溺水身亡。20世纪60年代中期的一个夏天，两个少女在这个潭游泳，其中一个抽筋将要沉入潭底，另一个去救援，落水者死死抱住同伴，最终两人身亡了。救援落水者要有技巧，万万不可蛮干。

5. 五斗潭。在瓠头井下游500米左右处，是溪坪溪最大最神秘的深潭，由湾岱和牛鼻障连成，是天然的游泳池、渔场、轻生者的归宿、刑场、靶场。当年和我同龄的两个十来岁的孩子在五斗潭边捡到一个哑手榴弹，用石头敲打，突然爆炸，两个孩子都受了伤，经抢救命保住了，但额头留下了伤疤。

6.黄土潭。在五斗潭下面150米左右处，因水色如黄河水，故得名黄土潭，也叫河洋潭。若是五斗潭游泳者人满为患，就去黄土潭将就着游一阵，再去干净之处冲水。这里也有人溺水。当年在五斗潭岸边被哑手榴弹炸伤的其中一个孩子在黄土潭边放牛，牛踩潭边的松土滑进潭里，这个孩子想把牛拽上来，结果坠入潭中身亡。另一孩子如今七十有余，含饴弄孙，享受天伦之乐。

可见，溪坪溪之深在于潭深，知潭深而知地厚，学如地厚，不深入则浅，故而为学务必深入，学养方能深厚。

"易涨易退山溪水，易反易覆小人心。"（《增广贤文》）山溪的水容易暴涨，小人的心态最是反复无常。久居山野的人，或者常近山溪的人，"易涨易退山溪水"见多了。如柘荣县东源乡的原始森林最丰富，故而山溪也最多。20世纪70年代初，山洪暴发而杨家溪暴涨，一个下放到杨家溪大队的省里的干部，在暴风骤雨中保护群众的生命财产安全而被山洪吞没，他的青春光辉在这条溪里永远闪耀。1971年，我从富溪公社的陈上洋调整到东源公社的壑里，有一段时间经常独自一人前往原始森林地带平溪砍柴火卖。那是夏季，早上穿着背心短裤，提一把柴刀，要到平溪山地，都要越过平溪进入更深的丛林中。有一天经过一棵树下，下意识地觉得头上有什么动静，前进了几步回过头一看，天哪，一条悬在树枝上的毒蛇"绿竹竿"，之前在我的头顶上转悠着，大热天我却吓出了一身冷汗。柴火捡够了，便挑了起来，刹那间雷电交加、暴雨如注，当我蹚过平溪彼岸最后一块碇步石之际，一股凶猛的洪峰以雷霆万钧之力呼啸而下，我只要迟一秒钟，就必定被无情的洪峰吞噬。然而，暴涨的山溪水很快就落了下去，因为它势如破竹、锐不可当地冲向江河，融入东海。可见没有小溪就没有江河，没有百川归海就没有海。看惯了山溪水的易涨易退就看透了"易反易复小人心"，大部分人在一生当中都会遇到易反易复的小人，所谓人心险恶也就如此。不过，如同易

退的山溪水，兔子的尾巴终究长不了，小人说到底是长不了的。

　　小人的反复无常如同易涨易退的山溪水，溪壑无厌则是贪得无厌、欲壑难填，这也是小人；故作高深、离群立异的人被指为綦谿利跂，虽然不算小人，但会被误认为小人。《庄子·外物》说"室无空虚，则妇姑勃豀"，指的是婆媳之间因鸡毛蒜皮的小事争吵，泛指人们无谓的争吵有小人之嫌；"磻溪六年"是道教用语，说的是道教大师王重阳去世，其高徒丘长春等四人为其守陵三年，之后丘长春又独自一人在磻溪传道六年，"乞食于磻溪，胁不沾席，一蓑一笠，吃一食，寒暑不变，人呼为'蓑衣先生'，如是六年。"这可是仙风道骨而不是小人了。

　　溪与人融为一体，褒和贬并存于世态之中。

　　清清溪流，溪之美，溪之长，溪之曲，溪之深，溪之涨，溪之落，溪之跌宕，溪之起伏，溪之一往无前，溪之错综复杂，无一不是世态人情的写照。

沟塍处处通

"黄河入海流"（唐·王之涣），"横沟通海上"（唐·薛能）。九寨沟、银壶沟、西太沟、黑摸沟、黑驴沟、李王沟、红石沟、神树沟、神水沟，这个沟那个沟，都有着美丽的传说，都有着神奇的景观，其中神仙沟更是蜚声海内外。

清朝末年，黄河口渔窝棚一个名叫张良的人，靠打鱼为生。有一天风和日丽，他和几个伙伴划着舢板出海打鱼，正要满载而归，风云突变，电闪雷鸣，暴雨倾盆，惊涛骇浪。忽然前面一盏红灯若隐若现，传来鹤唳鹿鸣的声音，舢板自然而然地随着红灯的导航而去，驶进了一条小沟。这条小沟的水清澈见底，鱼虾嬉戏，沟边香花芳草，阳光灿烂，清风习习，鸟儿在丛林里叽叽喳喳，令人心旷神怡。这岂不是美妙的仙境？张良和他的伙伴们把这儿叫作"神仙沟"。100多年过去了，"神仙沟"的名气越来越大，继大庆油田之后，地质学家勘探到这沟底下隐藏着几千万吨油流，举世闻名的胜利油田诞生了。

不仅有颇具神话传奇色彩的沟，现实中还有各种各样的进入小说、戏剧，成为典型环境的沟。

"夹皮沟大叔将我收养，爹逃回我娘却跳涧身亡。娘啊！"这是现代京剧《智取威虎山》中常宝的一句唱词，夹皮沟就是曲波的长篇小说《林海雪原》中位于吉林省桦甸市区东部偏南75公里处、面

积 1179 平方公里的村庄。唐宋时期这里就有采黄金的记载，也是强盗土匪出没无常之处。小说中的杨子荣和现实中杨子荣原型独闯座山雕的匪穴，都是以夹皮沟为起点的，一路险象环生，最终里应外合，全歼残匪。电视剧《闯关东前传》的拍摄地点原型也是这个夹皮沟。如今的夹皮沟人口增多，成为红色旅游景点，号称"中国黄金第一镇"。

陆地有水沟、山沟，海底有神秘的海沟。

海洋平均深度 3800 米，超过 5000 米的狭长的海底凹地叫作海沟。全世界有 30 条海沟，最深的是马里亚纳海沟，深达 11034 米，可以装下整座珠穆朗玛峰。卡梅隆，1954 年 8 月 4 日出生于加拿大，是美国好莱坞的导演、编剧。为拍摄《阿凡达》，他乘坐"深海挑战号"潜水器潜入马里亚纳海沟底部 10898 米处 3 个小时。潜水器若是爆炸，他受到的压力相当于 10 万个人压在身上。他回到海面后谈及感受："海沟极其荒凉，与地面完全隔离，我感觉自己好像跟全人类隔开了，尽管这只是一天内发生的事情。当我回到海面就感觉自己貌似去了另一个星球归来一样。"最恐怖的海沟应首推面积达 100 平方公里的百慕大"魔鬼三角"，这里的深度大都 4000～5000 米，波多黎海沟处 7000 多米，最深处达 9218 米。经过这片海域的飞机和船舶，基本上都失踪，1840 年至 1945 年就有 100 多架飞机在此失踪，后来类似的神秘事件还在不断发生。

人为的鸿沟有看得见摸得着的，也有看不见摸不着的。

"界河三分阔，计谋万丈深。"这是中国象棋楚河汉界的内涵，说的是楚汉相争，鸿沟划地为界，东楚西汉。这条鸿沟指的是河南境内的一条运河。楚汉 8 年相争后，东楚项羽败，败者为寇，项羽的《垓下歌》为证："力拔山兮气盖世。时不利兮骓不逝。骓不逝兮可奈何！虞兮虞兮奈若何！"西汉刘邦胜，胜者为王，刘邦的《大风歌》为证："大风起兮云飞扬，威加海内兮归故乡，安得猛士兮守四方！"

"道不同不相为谋。"（孔子）这是人为的精神鸿沟。比如说，人与人之间由于三观（世界观、人生观、价值观）不同，往往"鸡犬之声相闻，老死不相往来"（老子）；比如说，有的人很不尊重人，对于这种人，人们往往远离；比如说，当年的东德和西德，一道柏林墙隔开两个不同意识形态的世界，如今的朝鲜和韩国在金日成和李承晚殊死血战的时代划分的三八线，划出了社会主义制度和资本主义制度的鸿沟。

"沟塍处处通。"（宋·王炎）自然界的水沟或山沟或海沟，因大自然的巨大力量而沧海桑田；人为的鸿沟，因人为的力量而人事沧桑。如刘邦利用其智囊团的计谋和自身强大的武装力量，扫平了东楚和西汉的鸿沟；柏林墙被推倒，填平了东德和西德之间的意识形态鸿沟。人与人之间，若居高临下、自以为是、故作矜持、城府深邃，则难以沟通；若襟怀坦白、竭诚相待、通情达理、以德感人，则没有沟通不了的。

"洛阳亲友若相问，一片冰心在玉壶。"（唐·王昌龄）人与人之间的沟通，简言之，如此而已。

饮其流者怀其源

　　我上小学时，有一篇题为《吃水不忘挖井人》的课文，说的是毛主席在江西领导革命时，在瑞金城外一个叫沙洲坝的村子住过。他见老乡们从很远的地方挑来浑浊的水吃，便叫一个老乡带他去看水是从哪里挑来的，原来是个杂草丛生的脏水塘。毛主席心情沉重，第二天便带领一些红军战士和群众一起勘察水源，挖了口深井，从此老乡们吃上了干净的水。后来老乡们在井旁立了一块碑，上面刻着："吃水不忘挖井人，时刻想念毛主席。"

　　这口井的来历是这样的，事实上古来有来历的水井并不少见。

　　"桃生露井上，李树生桃旁。虫来啮桃根，李树代桃僵。树木身相代，兄弟还相忘！"（南宋·郭茂倩《乐府诗集·〈鸡鸣〉》）桃树需水量大，故而长在水井旁，李树生在桃树边，桃树主根粗壮扎得深，李树主根小而扎得浅、根须多而围绕桃树根。害虫欺软怕硬，李树因细根须被啮食而枯死。"李代桃僵"的本义为李树尚且愿代桃树僵死，为人之兄弟何不相互帮扶？后来延伸为军事上的三十六计之一，意为以小的代价保住大的有生力量，与"舍卒保车"同。

　　"江上一笼统，井上黑窟窿。黄狗身上白，白狗身上肿。"（唐·张打油《咏雪》）张打油是打油诗的开山鼻祖，《咏雪》是打油诗的经典范本，这首千古不朽的诗，离不开一个"井"字。

　　"落井下石"的"井"指有水的井，"陷阱"的"阱"指无水的阱，"井"和"阱"多数情形下同义。"落井下石"典出唐代大文豪韩愈为他的挚友柳宗元写的《柳子厚墓志铭》："一旦临小利害，仅如毛发比，反眼若不相识。落陷阱，不一引手救，反挤之，又下石焉者，皆是也。"柳宗元政治上受迫害，很多平时和他称兄道弟的朋友或者得过他好处的人，不但不伸手援救，反而落井下石。韩愈很是愤懑，在柳宗元的墓志铭上宣泄抨击。后来他因思念柳宗元忧郁去世，足见韩柳情深似海。

二十八星宿中的井宿即东井，也就是双子座，在银河附近。东井的东北和东南分别有北河和南河这两个星座，都是银河的卫士。东井和这两个卫士各司其职、互不干扰则天下太平，此乃"井水不犯河水"的本义，其实是比喻各管各的，不要越界相犯。

"坐井观天"是怎么回事呢？一只井底的青蛙，它认为天就井口大。有一天，一只乌鸦来到井栏和它聊天，青蛙问乌鸦来自何方，乌鸦说天空。青蛙说井口大的天空你怎么飞翔，乌鸦说天空无穷大。青蛙不信，乌鸦劝它上来见识见识。青蛙跳到井面，这才知道天空之大。

"石沉古井"说的是井若无水则必定废弃为无人问津的枯井，若是投石于枯井，永远无人得知石沉古井。古井的诡异之事古来甚多，古井往往成为凶杀案隐秘的弃尸之处。古时候，一个手头拮据的穷人和一个手头宽裕的好人很是投缘，经常相聚小酌，"拮据"经常打"宽裕"的秋风。有一天，"拮据"喝得醉醺醺的，找来"宽裕"，说咱哥俩今天要一醉方休，由他埋单。席间，"宽裕"问"拮据"钱从何来，"拮据"左顾右盼后，附耳神秘地说他途经一山坳，见一人褡裢沉重，便将其杀死，抢来钱币。"宽裕"问，尸首呢？"拮据"说扛到某处扔进一口古井。"宽裕"默然，暗自思忖，人命阔天三尺，知情不报同罪，于是报了官。"拮据"入狱，县太爷审问后立马带仵作（法医）、衙役往古井捞人，果然有一死者。再经审问，县太爷觉

得"拮据"不像真凶，本案必定另有隐情。于是计上心来，把"拮据"打入死牢，大肆张扬，广为张贴认领尸首启事。启事张贴不久，一妇人急如星火往古井停尸之处赶去，远远地就声嘶力竭地号啕："郎君啊郎君，你死得好惨哦！"当天夜里，县太爷派若干人隐藏在寡妇屋边。半夜时分，一男子鬼鬼祟祟潜入寡妇家。这对狗男女迫不及待大行云雨，庆幸"拮据"成了他俩的替罪羊。正当如胶似漆之际，公差破门而入，奸夫淫妇落网。有人问县太爷为何破案如神，答曰："拮据"的口供牛头不对马嘴，只是巧合而已，淫妇只是干号，并不伤心，尚未近死者就断言必是其夫，此乃不打自招，暗室亏心，神明若电，恶有恶报。"拮据"信口开河、胡说八道，自讨苦吃，掌嘴三十以长记性。

水井之外有矿井，新疆塔里木盆地钻探出中国最深的油井（8408 米）。世界上最深的井在俄罗斯摩尔曼斯克州，从 1970 年起挖到 1989 年，深入地下 12262 米，由于资金匮乏，工程就停止了。

水井大都是人工挖掘，矿井或者探索地球内部的深井的挖掘则采用现代化钻机。世界上能够深挖 9000 米以上的钻机有 100 台左右，美国就有 80 多台，其中一台可挖 22860 米。中国已拥有能挖到 7018 米深的钻机，跻身世界一流。

全世界各种井数以千万计，名井成为一道亮丽的风景线。江西九江市的灌婴井、湖北兴山县的昭君井、四川邛崃市的文君井、四川成都市的薛涛井、北京故宫的珍妃井，都是名井。还有湖南洞口县的檀木水井，这口井有数千年历史，其水源是溶洞水，源源不断地支撑着周边几千人的饮水和农田灌溉，堪称神奇。

在自来水解决饮水问题之前，柘荣人的饮水主要靠水井。全县数以千计的水井中，溪坪街下街林厝里的一口井最出名，主人是林伏奎的母亲阿鸾。这口井的水清澈、甘甜、爽口。20 世纪五六十年代，夏天没有冷饮，溪坪街人大都汲这口井的水解暑，简直如同吃冰激凌般清爽。平时人们也去这口井提水煮饭菜，挑水的人多了，把阿鸾姆的过路巷洒得湿漉漉的，阿鸾姆就骂唰唰的，在井上加了个盖，锁起来。因为我是伏奎的同学，对阿鸾姆嘴甜，所以她都会给我开后门，开锁让我挑水。随着自来水使用的普及、旧房的改造，这口井被填了。

井为何人所创？《经典释文》记载"化益作井"，《吕氏春秋·勿躬篇》说"伯益作井"，都说井的创始人是伯益。伯益是黄帝的六世孙，跟随大禹治水有功，舜帝赐其姓嬴。

"饮其流者怀其源"（南北朝·庾信《征调曲》），其意是饮水思源。不容置疑，应当时刻想念嬴伯益，应当时刻想念毛主席，也应当时刻想念阿鸾姆，这就是不忘本。不仅仅是饮水，任何的得益和受恩，都不应当忘本，这不就是做人最基本的道德吗？

洼 地 效 应

"洼地（较涝地尤下）常积水，遇旱年涸，可播种。"这是清代刘书年在《刘贵阳说经残稿·洼地》中对洼地下的定义。多数洼地大体上如此，是指近似封闭的比周围地面低洼的地形：一种是低于海平面的盆地；另一种是陆地上局部低洼部分。洼地多得不计其数，各种传说都有。

洼地的传说。福建省柘荣县虽然是小县，但历史悠久，据乍洋石山出土文物证实，新石器时代柘荣就有人居了。如今近千个自然村，村村有故事，山山水水有传说，原始森林最丰富的东源乡的故事就特别多。比如说，有个离城关30多里的叫"里湖"的地方，就神秘得很。我小时候听大人说，传说一位仙人经过东源的一片山地，踩了一脚，地凹下去变成"里湖"。也有一说是神牛把地踩凹陷下去成了"里湖"，后来水少了，成了洼，按理说应当改名"里洼"，但"里湖"叫惯了，难改。这个地方我跟大人砍柴火去过一次，老树、枯草、乱石、洼地里浑浊的水、泥沼、冷风、迷雾，头顶上偶尔飞过不知名的鸟，没有人烟，一片荒凉，若是独个儿在此，不免恐惧。20多年前，一位年少时就长期在外从事某种职业的江湖客，回故里后，在"里湖"自建茅屋，蓄发留须，苦修道行。如今"里湖"道长究竟如何，我久未归故里，不得而知。"里湖"洼地的传说不代表别处的洼地传说，有的洼地之大，可为世界冠军。

全世界最大的洼地。在以色列和约旦之间，约旦河水从北注入的一个含盐量居世界第三位的洼地叫作死海。死海长 80 公里，宽 18 公里，面积约 1020 平方公里，水面低于海平面 400 米，最深湖床则高达 800 米，最浅的仅 3 米多。死海每年可吸引成千上万的游客。他们大都到死海游泳，因为洼地的水的比重高于人体体液的比重，不会游泳的人也不会沉入洼底。但要注意的是，切不可让水溅入眼睛或者呛到肺胃里，因为含盐量太高的水对人体伤害很大。死海越来越干涸，有一天终究会消失。像这样有可能消失的大洼地、深洼地，中国也有。

中国最大最低的洼地。新疆吐鲁番盆地低于海平面，这里的艾丁湖是咸水湖，曾经湖面宽达 152 平方公里，近几十年来湖水干涸、面积缩小成了洼地，洼地最低处低于海平面 161 米，成为全国的最低洼地，将会成为第二个罗布泊。

洼地战场。洼地是旅游胜地，古来成为战场的不少见于史，小说也描写了洼地战役。著名作家路翎，原名徐嗣兴，1923 年出生，1994 年去世。1955 年因受胡风冤案牵连，错划为反革命集团成员。他的小说《洼地上的"战役"》受到颠倒是非、混淆黑白的大肆围剿。1980 年，路翎得以平反，先后任第二届、第四届全国作协理事。《洼地上的"战役"》写的是中国人民志愿军一个侦察班住在一户朝鲜老乡家中，战士们助人为乐的良好军风感动了美丽、单纯、善良的姑娘金圣姬及其家人。姑娘悄悄爱上了战士王应洪，班长发现王应洪一门心思在正义的战争上而不解风情，便帮助引导启发，教育王应洪既要珍惜姑娘的善意，也要遵守战场纪律。有一次，王应洪发现金圣姬帮他洗过的衣服里塞了一双袜套，他马上向班长汇报，并生硬地将袜套还给她。后来又收到袜套，王应洪仍要退还，班长说打完仗再还。洼地战斗结束，侦察班战士返回途中，被敌人的巡逻队发现，王应洪为掩护战友而壮烈牺牲，班长把王应洪染有

鲜血的手帕及照片交给金圣姬，使得姑娘的感情变得成熟了，庄严而崇高。这是一曲中朝人民用鲜血凝成的伟大的友好的国际主义赞歌。

洼地效应。"人往高处爬，水往低处流"，前者说的是社会现象，后者说的是自然现象，这种自然现象引申到经济活动中，就是"洼地效应"。具体地说，有的区域硬件环境和软件环境俱佳，即环境质量高，对各类生产要素有着很强的吸引力，从而形成独特的竞争优势。如中国的东部就是改革开放的前沿，因其最具优势，故长期产生"洼地效应"。

这种效应也融入人际关系中了。"有容乃大"就是人际关系的"洼地效应"。所谓"有容乃大"，出自明代兵部尚书袁可立的自勉联："受益唯谦，有容乃大。"德高望重、胸怀宽广、才华横溢的人，必然产生人脉旺、人气足的"洼地效应"。

此中空洞无物，然容卿辈数百人

暮色苍茫看劲松，

乱云飞渡仍从容。

天生一个仙人洞，

无限风光在险峰。

这首七绝是毛泽东 1961 年 9 月 9 日所作的《为李进同志题所摄庐山仙人洞照》。

庐山仙人洞位于庐山天池山西麓，形似佛手，故名佛手岩，岩石欲飞不飞，劲松苍翠欲滴，清泉喷涌如雪，仰望穹隆白云悠悠，远眺九江流水茫茫，道气仙风缭绕，引无数游客流连忘返。传说唐代道人吕洞宾在此洞中修炼得道成仙，后人敬奉吕仙人，将佛手岩更名为仙人洞。

洞即洞穴，乃山洞，有原生洞和次生洞之分：原生洞指地下空间与周边围岩同时形成；次生洞则是先形成岩石，岩石再受各种外力作用形成洞穴。

洞穴几乎都是神秘甚至是恐怖的去处，如欧洲人普遍认为洞穴是通往地狱的通道，我国的藏族同胞也认为洞穴是邪恶的场所，这恐怕与洞穴通常蛰伏老蛇、老虎、怪兽或者是妖魔鬼怪的藏身之处的情形或传说有关。不过，在汉人看来，洞穴并非一无是处，一则

往往是无价瑰宝或者武功秘籍的隐藏之处，二则是道士道姑修炼成仙的洞天福地。例如，"王子去求仙，丹成入九天。洞中方七日，世上已千年"，说的是很久以前，郸城外 30 里有个年轻的樵夫名叫王子，有一次卖柴偶遇在洺河岸边炼丹的老君李耳，王子观看仙人下棋及至老君丹炼成，服了仙丹，方七日光景，得道成仙，返回老家，已千年之久，人事沧桑。

洞穴无奇不有。公认最深的是深达 13000 多米的格鲁吉亚阿布哈兹共和国库鲁伯亚拉洞，长期以来吸引着无数科考人员和探险家，但没有一人能够到达洞底，最深的到达 2000 米，此时探险者已浑身不适。每年都有人丧生于这个洞穴，但冒险家探索的热情不减，依然前赴后继。世界上最大的洞穴是越南风牙者榜国家公园的韩松洞，横截面积就 80×80 米，60 层楼高，整个洞大得可以容纳 72 亿人。世界上最恐怖的山洞是墨西哥中北部的燕子洞，深达 426 米，洞中常居上万只蝙蝠，这就必然有无数的老蛇藏身其中，以蝙蝠为食粮。

"深挖洞，广积粮，不称霸。"1972 年 12 月 10 日，《中共中央转发〈国务院关于粮食问题的报告〉的批语》，说：毛泽东主席讲《明史·朱升传》的历史故事。明朝建国以前，朱元璋召见一位名叫朱升的知识分子，问他在当时形势下应当怎么办，朱升说"高筑墙，广积粮，缓称王"，朱元璋采纳，后成功建立了大明王朝。随后毛泽东认为，根据现在所处的国内外形势和所坚守的社会主义制度和无产阶级立场，应该要"深挖洞，广积粮，不称霸"。当时为防止"美帝"和"苏修"突然袭击，防止原子弹或氢弹的轰炸，全国各地大挖防空洞，如今不少地方还残留防空洞遗迹，如福州总院斜对面一家水果店，就是当年的防空洞遗迹。其实，在毛泽东公开提出"深挖洞"之前已经开始深挖洞了。1967 年在重庆涪陵开工深挖 816 军工洞体，至 1984 年国际形势转好，中央紧急叫停，先后动用劳动力60000 人之众。核反应堆大厅是洞内最大的洞室，高 79.6 米，上下

9层，相当于20多层楼房高，面积和标准的足球场差不多大，防震8级，即使原子弹或氢弹直接轰炸也无法撼动。2002年解密，同年4月24日允许游客进洞参观，但并未全方位开放，有些部位有解放军战士把守。这个人工洞穴堪称全世界最大的人工洞。福建省柘荣县也有人工洞。第一种是传统的"地瓜母洞"即贮藏甘薯种的土洞，如同北方人的菜窖，这种洞比较小；第二种是存放死者骸骨的圹，这种人工洞阴森恐怖，往往蛰居老蛇、毒虫；第三种是防空洞，我上山下乡的一段时间挖防空洞，那时国内外形势非常紧张，人心惶惶，老是担心世界大战爆发，因为那时在珍宝岛中苏已小规模开战了。

柘荣县也有天然洞，名气大的一个是何仙姑洞，另一个是马仙洞，都在东山（东狮山）尖峰顶下面的悬崖上，两个洞比较靠近。以前东山还没有开发为景区，景观原生态，大都险峻，我年轻时就攀爬过，站在仙洞口往下看，万丈深渊，腿肚发软。还有一个鬼洞，在东山腰的鬼洞岩，传说洞里的厉鬼因残害过法师陈小二的女儿，被陈小二施法术困在洞中。洞的另一出口在霞浦崇儒，也被陈小二封死。厉鬼问何时可以出洞，陈小二回应："待铁树开花。"东山的背部有个村子叫打石坑，村子后门山的半山腰有个石洞，高2米，宽2米，深3米。1933－1934年，霞鼎泰苏维埃政府主席吴成隐蔽在这里领导发动群众开展对敌斗争，这个洞便俗称"红军洞"，1997年公布为县级文物保护单位。多年前，打石坑村的老百姓迁徙到棠园头，打石坑村址建起觉性禅寺，红军洞上方建起观音阁，红军洞和上下两个寺庙连成一道风景线。

无论是天然洞还是人工洞，都有着巨大的容量，而且都能融入文化走进人们的精神世界，这很大程度上就缘于一个"洞"字。比如说，洞察秋毫，就是清楚透彻；洞若观火，就是看得清楚；洞烛其奸，就是一眼识破奸计；洞见古今，就是博古通今；洞见肺腑，

就是其心可鉴。至于空洞无物，大都指发言或者文章都是废话没有内容，毛泽东在《反对党八股》的讲演中，把"空洞无物"列为党八股八大罪状的第一条罪状。然而，空洞无物并非都是贬义，古代的一段趣闻，则赋予空洞无物别有洞天的一番含义。南朝宋代刘义庆的《世说新语·排调》记载："王丞相枕周伯仁膝，指其腹曰：'卿此中何所有？'答曰：'此中空洞无物，然容卿辈数百人。'"东晋丞相王导和东晋尚书左仆射周伯仁是好朋友，经常一起喝酒聊天。有一次，王导酒醉，头枕周伯仁膝盖上，手指他的肚子，调侃道："你肚子里装的都是什么？"言下之意是满腹皆屎，周伯仁以退为进，不冷不热地回应："我的肚子空洞无物，可以容得下你这样的人几百个！"语出惊人，因为"宰相肚里好撑船"，容量够大了，而他的肚子里还可容得下几百个宰相，这是什么概念？这岂不是警示世人千万不可小看别人？别人的厉害往往是你始料不及的，所以一定要洞隐烛微而不可漏洞百出啊！

空 穴 来 风

"探虎穴兮入蛟宫。"（先秦·佚名《荆轲歌/渡易水歌》）公元前227年，燕国太子丹欲刺杀秦王嬴政，荆轲自告奋勇，带上燕督亢地图和秦王所恨的叛将樊於期的首级前往秦国。临行前，燕太子丹等人在易水边送行，荆轲的好友高渐离击竹，荆轲唱道："风萧萧兮易水寒，壮士一去兮不复还。探虎穴兮入蛟宫，仰天呼气兮成白虹。"场面悲壮，气氛苍凉。明知此行凶多吉少，却毅然前行，决死情怀，气贯长虹。荆轲到了秦国，秦王召见于咸阳宫，荆轲献上樊於期的首级后，再献燕国最富庶的督亢地图。当秦王聚精会神地盯着地图时，荆轲冷不防地从地图中拔出匕首直刺秦王，秦王亦不是等闲之辈，瞬间一闪，躲过匕首，他的侍卫迅速反应，荆轲便成了刀下之魂。这就是图穷匕见的典故。

"勉从虎穴暂栖身。"（明·罗贯中《三国演义》）曹操一贯多疑，他和陈宫去父亲的老朋友吕伯奢家，吕伯奢很高兴，嘱家人杀猪款待，自己骑瘦驴去打酒。曹操和陈宫在房间里听外面说捆起来杀，以为要杀他俩，便先下手为强，继而得知误杀，故匆忙离开。途中遇归来的吕伯奢，曹操心想，若是他得知家人被杀，后患无穷，便一不做二不休，二话不说杀了吕伯奢斩草除根。陈宫说误杀情有可原，知情后又杀人是不义，曹操说："宁教我负天下人，休教天下人负我。"陈宫不言，当夜独自逃走。刘备志存高远，一心想要光复

汉室，因势单力薄而落魄，委曲求全投靠曹操。他深知曹操多疑且心狠手辣，故处处小心。有一天，曹操邀刘备青梅煮酒论英雄，问他当今天下的英雄是谁，刘备装傻故意乱讲，曹操都予以否定，最后曹操说他自己和刘备二人才算是天下英雄。刘备吓得连筷子都掉到地上，曹操惊问怎么回事，此时恰好一声惊雷，刘备战战兢兢地说被雷声吓着了，巧借闻雷来掩饰，随机应变蒙过了曹操。因而，曹操误认为刘备胆小如鼠，成不了气候，便麻痹大意了。与曹操相处如身在虎穴，刘备若无韬晦之计，必死无疑。

酷吏尹赏筑虎穴。汉成帝永始、元延年间，朝政懒散，长安城里治安十分混乱，地痞流氓猖獗，偷抢奸杀无恶不作，甚至以滥杀官吏为乐。如为首的亡命之徒，备有红、黑、白三种弹丸，杀手摸到红的去杀武官，摸到黑的去杀文官，摸到白的就待被官府反杀。长安令无奈，皇上便把酷吏尹赏从地方调进京城任长安令，进行"严打"，尹赏上任即刻派人挖地牢，牢口如虎口，也叫虎牢、虎穴，而后发动群众举报，最终把犯罪分子悉数抓捕进行突审定罪。对于无罪错捕的或者罪行轻的或者关系户的子弟和老干部子弟，则批评教育后释放，其他人犯一律关进虎穴，不久个个窒息而死。严打之后长安治安状况得到很大的改善。尹赏在后来的几次严打中都心狠手辣，有一次因滥杀了一些无辜的官员和百姓而受到处罚，但后来因治安状况差，皇上又起用他。后来尹赏死在任上，死前告诫儿子为官要从严理政，他的 4 个儿子都当过郡守，为官都很严厉，长子终至京兆尹。

龙穴砂水向。龙脉指山的走向、起伏、转折、变化，山藏风管人丁；穴指穴位，即土室，藏风聚气的地方；砂主要指宅地周围以山为主的阳性事物；水聚气、管财。找龙穴是数千年来许许多多帝王、官宦豪绅和黎民百姓梦寐以求的愿望。自东晋著名的学者郭璞的堪舆经典《葬经》（亦称《葬书》）和堪舆大全《地理正宗》问世以来，风水学系统化、专业化了，寻龙穴（看风水）形成了产业链，风水先生日益吃香，神化倾向日盛。如《刘伯温传》说到刘伯温的先人有一日偶遇一位道骨仙风的老者，老者指点他将"金瓮"（盛着先人骨骸的陶瓷瓮）抱往某山特定之处安葬，将来刘家必定出相国之才，说罢就不见踪影。先人遵命清晨动身，一直寻找到天快黑了还没到达指定地点，正当焦急之际，绊了一跤，"金瓮"落到地上的一个窟窿，徐徐地被吞没了。原来这就是最难得的真龙穴"三龙口"。"福地福人得"，后来刘家就出了个刘伯温。风水是真是假，历来有争议，信的人绝对着迷，半信半疑的人说："信则灵，不信则不灵。"不信的人作诗嘲讽道："风水先生尽说空，指南指北指西东。世间若有封侯地，何不寻来葬乃翁？"

"千丈之堤，以蝼蚁之穴溃"（先秦·韩非《韩非子·喻老》），"千里之堤，以蝼蚁之穴漏"（西汉·刘安等《淮南子·人间训》），这就是"千里之堤，溃于蚁穴"的出处。曾经黄河的一次决堤淹死人，便是缘于蚁穴。有一天，一位老农发现黄河堤有一处蚁穴，他担心黄河因此决堤，便叫他儿子去喊人一起填蚁穴。他儿子说，小小的蚁穴怎么会使偌大的黄河堤溃决？然而，当天晚上黄河堤溃决，淹死不少人。战国时的魏国丞相白圭是水利专家，防洪经验丰富，他经常深入防洪堤现场仔细察看，发现蚁穴，就立马派人填补。在他任职期间，魏国从未发生过决堤水灾。

"灸刺借验，故云阿是穴。"（唐·孙思邈《千金要方》）人体共有720个穴位，其中医用的经穴和络穴共409个（一说402个），还有一个不确定位置的特殊穴位叫阿是穴。其来历是这样的：古时候有个疾医（唐代以前内科医生的称谓，宋代始南方人称医生为郎中，北方人称医生为大夫）给一位病人扎针，循经络定穴一直没有找到合适的位置，郎中的手指不断地在病人的身上移动按掐，病人突然叫了一声："啊……是！"疾医就此痛点给扎了一针，病人不痛了。

这个穴位后来就定名为阿是穴，也叫天应穴、痛点。孙思邈在《千金要方》中总结道："有阿是之法，言人有病，即令捏其上，若里当其处，即云阿是。"

"空穴来风"。虎穴、龙穴、蚁穴、阿是穴，都是穴，穴就是窟窿。不同的窟窿，有着不同的内容物，即使人体穴位这样的窟窿，也存在着肉眼看不见的气，这是天造地设的。若是无中生有呢？那就是空穴来风，即使是看不见摸不着的风，也是因为有穴这样的窟窿才存在的，所以，一切的产生，都有因，这因，缘于穴这样的窟窿的存在。

天柱崩来砸一坑，直通地底奈何城

有一个非常奇葩的故事：

有个名叫张四一的人，出生于偏僻的小山村，他5岁时，不小心掉进一个很深的天坑里出不来，家人找不到他。10年后，他爬出了天坑。他之所以能够活着出来，靠的是喝天水，吃坑里的植物、活蛇和活鼠，慢慢地长大了，用石块不断地垫脚，终于爬出了坑。他忘记了家住哪里，就躲在山上吃野果、野菜和动物，有时下山偷村子里的鸡鸭吃。有一天被人逮住押到村子里，他的父母认出了他，把他带回家，给他好吃好喝，但他就是不吃不喝，待父母出工了，便把家里的一窝小鸡全吃光，后来经常跑出去偷村里人的鸡鸭吃，去野外找活蛇吃。两年后，野生谷老板得知有这样的一个奇人，便请他去表演吃活蛇，他每天和几千条蛇生活在一起，每天吃十几条蛇。有一次，他和大蟒蛇一起表演，被咬了四口，鲜血直流，他吐了口唾沫，抹了伤口，伤口就愈合了，而那条蟒蛇却死了，因为，张四一长期吃蛇，血液里有剧毒，蟒蛇中毒身亡。这样的人有老婆吗？有，而且还有儿子，一家人其乐融融。

当年这条新闻炒作得震天响，真实情况如何呢？后来张四一讲了真话：

小时候掉进天坑里是真的，但那个坑很浅，掉下去不一会儿就爬出来了；吃活蛇是真的，20多岁时，不知怎么的，突然有一天想

吃活蛇，吃了一条，从此一发而不可收，这可能是特异功能，可能是异食症，也可能是返祖现象；被请到野人谷吃活蛇表演是真的；娶媳妇生孩子也是真的。因吃活蛇引起媒体的关注，加上他本来就擅长编故事，于是就把小时候掉进天坑里的事添油加醋编成神话，老板也需要炒作，通过媒体的宣扬，便越来越玄乎了。

像张四一小时候掉进天坑里的情形，我也体验过。1959 年我上初中，学校组织全体师生去宅中公社帮助农民采榛子，我被分配到西溪大队。榛子林在陡坡上，采摘当中，我不小心掉进一个深度高过我的头的窟窿，吓得大哭起来，大声喊叫"救命"，无人应答，经过挣扎，硬是攀爬出来，手指挖出了血。这是小天坑，若是真正的天坑，必死无疑。

天坑所在之处是相对起伏的丘陵地，即地质学上的喀斯特地形，其特点是陡峭的岩壁、深陷的井状或桶状、底部与地下河或干涸了的地下河相连接，具有巨大的容积。

"天柱崩来砸一坑，直通地底奈何城。我曾徒步三千级，夜半还从梦里惊。"有人写的《七绝·小寨天坑》，极言重庆小寨天坑之深。究竟有多深？科学家测得 666.2 米。多宽呢？坑口直径 622 米，坑底直径 522 米，整体呈现漏斗状，面积达 300 多平方公里，为世界第一坑。

重庆秀山县有个龙潮湖，其靠山的一面斜坡上 20 多米处有个深不可测的天坑，天坑连着湖底的 3 个龙眼，这 3 个龙眼也是深不可测。有一年龙潮湖干涸，突然从 3 个龙眼奔出上万条老蛇，其景象令人发毛，可见天坑多蛇。

"君看人迹蝶来轻，蹈得林间路作坑。"（宋·杨万里）坑就是凹陷之地，陷而有险。丘陵地带多坑，林间多坑，故而村名多带坑字。如福建省的柘荣县是丘陵地，带坑的地名甚多。双城镇有铁屎坑，不雅，县地名办更其名为塔里坑，我这一代人叫习惯了，还是叫

"铁屎坑";城郊乡有梨坑、长坑、坑里、糜粥坑;楮坪乡有洪坑;英山乡有清水坑;黄柏乡有沙坑里;富溪镇有横龙坑;东源乡有马坑、打石坑、桃坑、芦石坑。马坑的原始森林资源丰富,打石坑是风水宝地,有和尚寺,桃坑是老革命根据地霞鼎泰中心县委所在地。芦石坑最边远最偏僻,当年若是女孩子不听话,大人就会说:"把你嫁到芦石坑、马尾岗(另一穷乡僻壤)去!"我十几岁的时候住在溪坪街下街,邻居一位比我大几岁的姑娘因其地主家庭出身,被嫁到芦石坑。溪坪街去芦石坑砍柴的人大都会去她家坐一坐,喝喝茶,她非常高兴,我也去过一次。20世纪90年代中期的一天晚上,我和几个朋友在"楼外楼"酒家吃饭,一个十七八岁长得很清秀的姑娘送菜,有人问起她哪里人,她说"芦石坑",我立马问起当年那个姑娘,她说是她妈,去世了,我很感慨,此后再也没见过这个芦石坑的送菜服务员。

"竹帛烟销帝业虚,关河空锁祖龙居。坑灰未冷山东乱,刘项原来不读书。"(唐·章碣)秦始皇是历史上有名的暴君,"坑"字在他手上用得血雨腥风。为了巩固暴政,秦始皇订立了"腹诽罪",看谁不顺眼,不需要证据,格杀勿论。公元前211年,秦始皇焚烧儒家著述,次年抓捕了460多个引用儒家经典议政的知识分子,挖了个大坑,统统活埋。秦始皇以为从此高枕无忧,想不到秦二世就被没有什么文化的陈胜、吴广和刘邦、项羽打得落花流水,最后秦朝灭亡,刘邦建立起西汉王朝。坑有用,能天长地久吗?

坑蒙拐骗,这4种害人手段以坑为首,以坑为主,蒙拐骗都得先"挖坑",即设陷阱,所以,所有以欺骗手段捞取钱财或政治资本的必定坑害人。"坑爹"一词最早出现在《魔兽世界》,本义是游戏中的感受,后来延伸为儿女坑害父辈,如"我爸是李刚",就是典型的坑爹案例。"坑蒙拐骗发不了大财,即使发了小财也长不了",1986年7月19日《文汇报》中的一篇文章如是说。其实,政治上的

坑蒙拐骗也如同兔子的尾巴长不了。

　　世界之大，处处有坑。不管是"天柱崩来砸一坑"的坑，还是"坑蒙拐骗"的坑，一不小心，都会使人"直通地底奈何城"。古今中外无数事实证明了这一点，所以，务必谨记："谨慎能捕千秋蝉，小心驶得万年船。"（《庄子·达生》）

壑 谷 幽 深

"万壑有声含晚籁，数峰无语立斜阳。"1000 多年前，诗人王禹偁写的这两句诗，简直就是我在小山村壑里的生活情景的真实再现。

壑里藏身于东山麓的深谷中，四周峰峦叠翠，一条小溪涧从高耸入云的东山跌跌撞撞而下，停留在村子的左侧，安静如一泓清泉，继而又踉踉跄跄地向溪门里溪奔泻。泉水的叮咚声，晚风吹过丛林的涛声，归林的鸟语声，不知名的动物不知从何处发出的或悦耳或聒噪的叫声，组成了"含晚籁"的交响曲。遥望绵延的南山，夕阳斜照，"数峰无语"，暮霭悄然笼罩，此景此情，我顿感壑谷幽深，因而在壑中想壑，想到了以邻为壑。

《孟子·告子下》说到有个水利专家白圭，他善于治水，名气很大，被请到魏国当宰相。有一天孟子到魏国讲学，白圭大肆吹嘘他如何治水有方，水平超过大禹了，孟子听罢反驳道：大禹治水 13 年三过家门而不入，他对水道的治理是疏导，把水引向四海，而你治水是堵塞，把水引向邻国以致暴发洪水祸害邻国百姓，这就是以邻为壑，为"仁人之所恶"。

现实中家长对孩子的教育光堵塞不疏导者有之，老师对学生的教育光堵塞不疏导者有之，如此教育，没有不失败的。以邻为壑者在现实中也不少见，比如说高层住户把脏水往下倒或者垃圾往下扔。有的企业把致癌废气排向周边村庄或者把污水排向下游住宅区，这

是丧尽天良的恶行。

人性的丑恶不仅仅是以邻为壑，欲壑难填更是常见，如"人心不足蛇吞象"的故事最能说明问题。

宋仁宗时，有个偏僻的小山村，住着一对相依为命的母子，母亲年迈体衰，儿子王妄靠割草维生，母子俩艰难度日，王妄到了30岁还没钱娶媳妇。一日，王妄在草丛中发现一条7寸长的花斑蛇，遍体鳞伤，奄奄一息，他顿生恻隐之心，小心翼翼地把蛇带回家，放进笼子里，拔了草药给予治疗。蛇的伤很快痊愈了，它好像通人性，向着王妄母子点点头，表示谢意。王妄母子觉得蛇很可爱，便留着饲养。蛇久居笼中很郁闷。有一天趁王妄去割草，王妄的母亲在屋里躺着，蛇便飞出笼外，变成梁那么粗，盘在墙头，王妄的母亲出来见了，吓得当场晕倒。王妄回来见此情景，蛇说刮它3片表皮炖草药喝就没事了。王妄不忍心，蛇坚持，王妄只好照办，王妄的母亲康复了。母子俩知道这条蛇不寻常。有一天王妄得知宋仁宗告示天下，要一颗夜明珠，如能献上，高官厚禄。王妄心动了，苦于无处寻觅，随意跟蛇聊起，蛇说它本要报恩，如今机会来了，它的两个眼球就是夜明珠，王妄可以剜一个献给皇上。王妄先是不愿意如此残忍，但鉴于蛇的诚意执着，便照办了。宋仁宗得了明珠，大喜，封王妄为进贡官，赏赐大量的金银财宝，母子俩从此过上锦衣玉食、奴婢成群的奢侈生活。西宫娘娘见皇上的稀世夜明珠好玩，也想要一颗，于是，宋仁宗告示天下，谁能献上，就封谁为宰相。被荣华富贵冲昏了头脑的王妄，启奏皇上保证再献上一颗夜明珠，宋仁宗大喜过望，立马封相，于是王妄贵为一人之下万人之上。他派下人马不停蹄地去老屋剜蛇眼。蛇听罢，大吃一惊，怒不可遏，说要王妄亲自来。王妄见到蛇便道明原委，蛇劝王妄适可而止，不可太贪，王妄听不进去，执意要剜。见劝说无效，蛇只好说去院子里剜。王妄从厨房持刀出来，蛇顿时变粗，张开血盆大口，说留下贪得无厌的小人在世上无用，一下子就把他吞噬了。这个故事还有其他几个版本，说的都是一个道理：欲壑难填，下场可悲。

然而，壑谷幽深，不仅幽在深怨，还幽在深仇。

"民安在？填沟壑。"岳飞的《满江红·登黄鹤楼有感》中血泪凝成的千古佳句，充满愤懑和深爱，控诉了残酷的战争：老百姓血流成河，尸横遍野，填满沟壑，惨不忍睹。当然，这彻底有别于杜甫的"欲填沟壑"。

"欲填沟壑唯疏放，自笑狂夫老更狂。"杜甫对于死如此旷达，表达了"人生无处不青山"的博大情怀，这不正是说明人从大地中来，最终要回到大地中去吗？看，斜阳黯然失色了：

"夕阳度西岭，群壑倏已暝。"（唐·孟浩然）斜阳渐已西坠，夜幕笼罩千山万壑，无论是千沟万壑的凝重美景，还是以邻为壑的损人利己，或是欲壑难填的贪心以及"民安在，填沟壑"的家国情怀和"欲填沟壑唯疏放"的豁达，无不都是令人沉思默虑的壑谷幽深。

尘世白驹过隙，人情苍狗浮云

"刚刚少年骑竹马，回头一看白头翁"（《增广贤文》），我的一位小学同学，小学时爱发这么一句感慨，如今已逾古稀，还是爱发这么一句感慨，感慨的是"光阴似箭催人老，日月如梭赶少年"。时光如不息的川流，时光如过隙的白驹，我和他的人生经历虽然不尽相同，但我很是认同他的感慨。

《诗经·小雅》中有一篇《白驹》。白驹是白色的骏马，还是隐士、贤人的比喻，到了庄子那里，成了光阴。《庄子·知北游》说"人生天地之间，若白驹之过隙，忽然而已"，极言光阴神速而无孔不入，人生也就瞬间之短暂，成语"白驹过隙"由此而来。

隙为何物？所谓隙，就是空隙、缝隙、间隙，或者孔穴、空子、漏洞，即极小的空间。别小看隙小，若不注意，可酿成大祸。

"小隙沉舟"。之所以能够沉舟，缘于水从舟之缝隙或漏洞渗入，积少成多，舟不堪承载而沉没。古人云："莫因善小而不为，莫因恶小而为之。"小恶积多成大恶而恶贯满盈、十恶不赦，到头来如同小隙沉舟，招来灭顶之灾。

"凿空投隙"。隙延伸开来，是弯曲，是分裂，是仇隙。抵瑕蹈隙，就是攻击别人的弱点或者错误；不虞之隙，就是没想到的误会；因隙间亲，就是利用他人之间的矛盾从中挑拨离间；趁间投隙，就是趁机挑拨离间；指瑕造隙，就是寻找事端制造分裂；伺瑕导隙，就是滋事寻衅、惹是生非；凿空投隙就是寻找机会、捏造罪名。隙于人际关系中，常见如此地沉重而恐怖，更有甚者，如南朝宋代刘义庆《世说新语·仇隙》中记载魏晋名流之间的八个仇隙故事，很是惊心动魄。兹举凿空投隙、公报私仇二例。

东晋右军将军王羲之出身名门望族，才华横溢，堪称书圣，蓝田侯王述也是名门望族出身，与其同宗同辈同龄。王羲之自恃才高，看不起王述，时常嘲讽、诋毁他，王述胸怀宽广，不以为然。王母去世，王述的会稽内史职位由王羲之接任，无论于公于私，王述心想王羲之一定会来吊唁，王羲之也允诺一定会来，可是王述左等右等，就不见王羲之踪影。举行仪式了，哭声一片，王羲之才姗姗来迟，看了一眼，扬长而去。这是对先人的大不敬。在"万善孝最先"的魏晋时代，对以孝闻名的王述来说，肚量再大，也难以容忍王羲之如此狂傲，十是二人结下了仇隙。王述守孝期满，被提拔为扬州刺史，管辖会稽，便给王羲之穿小鞋。王羲之不愿受制，派人上朝廷要求将会稽划分出另立越州，结果弄巧成拙，一时传为世人的笑柄。与此同时，王述派人暗中搜集王羲之在会稽违法乱纪的事实，大量确凿的证据在手之后，招来王羲之，告知何去何从由他自处。王羲之辞官，郁郁不乐，很快就病死了。王羲之有才，但诋毁他人很不应该，轻慢长辈死者更不应该，王述尽管是公报私仇，但在情理之中，而且网开一面、手下留情，实属厚道。

与王述相比，同时代的孙秀对石崇、潘岳可就血腥了。富可敌国的石崇有个小妾名叫绿珠，貌若天仙，中书令孙秀垂涎三尺，要求石崇让出，石崇不肯，孙秀怀恨在心。潘岳曾经对孙秀不礼貌，时过境迁，多数人翻篇了，可孙秀不这样。有一次潘岳在中书省的官府里见到已是位高权重的中书令孙秀，打了个招呼，小心翼翼地提及："孙令，还记得我们过去的来往吗？"一般的人当上高官，气量就大了，即使记得，也会装作糊涂："什么？你说的是什么？我记

不起来了。"孙秀则毫不掩饰地说："记得，深埋在心中，没有一天能忘掉！"潘岳听罢，知道自己的末日不远了。不久后，孙秀假传圣旨，同一天捕杀了石崇和潘岳。

"尘世白驹过隙，人情苍狗浮云。不须计较谩劳神。且恁随缘任运。"（宋·吴儆《西江月·山色不随春老》）人生如此短促，何必计较太多？岁月可淡化仇恨，"一笑泯恩仇"，若是依然如鲠在喉，就"大路朝天，各走一边"，互为熟悉的陌生人，也未必不可。孙秀的仇隙也只不过是微不足道的陈年烂芝麻而已，实在不必"睚眦必报"而要了"仇家"的身家性命，结果招来的报应是下场可悲：若干年后广陵王司马漼、左卫将军王舆攻入宫中，杀孙秀于中书省。

人若是时常想一想白驹过隙，还有什么放不下的呢？

长寿之乡的母亲树

　　"枯藤老树昏鸦，小桥流水人家，古道西风瘦马。夕阳西下，断肠人在天涯。"这是元代马致远的小令《天净沙·秋思》，区区 28 个字，浓墨重彩地描绘出一幅肃杀凄凉的秋景图，寄托了作者浪迹天涯、怀才不遇的悲苦情怀。马致远和关汉卿、郑光祖、白朴并称元曲四大家，但马致远因这首被后人冠以"秋思之祖"的小令而更加出彩，他的故里山东省东光县因之数百年风光不尽，这个县于桥乡大生村一棵至今 600 多岁依然枝繁叶茂的柘树也因之灵光四射，东光县的文人墨客因此而"初萌何不就势执笔"。在县委的支持下，2013 年 3 月诗刊《大柘树》创刊号问世。马致远、马致远的故里、历尽沧桑而生机勃勃的柘树，融合到马致远这个耀眼的文化符号中，焕发出光彩夺目的艺术光华。

　　河南商水县张庄乡边楼村东南角也有一棵 600 多岁的柘树，传说是朱元璋的母亲插枝所植，足见其身价之不凡。元末明初，山东即墨移风镇阜村王氏家族建墓时栽了 6 棵柘树，如今树龄已高达 700 多年，其树形如同巨大的华盖，郁郁葱葱，如此健康长寿，怎不令人咋舌！

　　"彭祖八百，麻姑千岁。"自古以来，人之健康长寿莫若彭祖、麻姑，然而，柘树不甘人后，竟然超过彭祖赶上麻姑。江苏省宿迁市三棵树乡大华村一棵柘树王已有千岁高龄，传说是唐代名将罗成

扔下的马鞭落地而生，因而，此地的人世世代代把这棵树奉若神明。但一些人在树旁卖香烛牟利，古柘不堪熏烧而枯槁，实在令人痛心疾首！

柘树原产于东南亚，简称柘，别名柘刺、柘桑，但不全等于桑，桑是"四大鬼树"（指柳、桑、槐、桂）之一，它不是。柘树根深蒂固、盘根错节，生长极其缓慢，大都是灌木，长成乔木要上百年，其状往往如巨龙盘旋而上呈腾云升空之势，喜生于海拔千米左右的阴湿之地。"南檀北柘"，柘树大都生长于北方，但不等于南方没有。柘树纹理细密，坚实无比，是上等建材，且药用价值高。医药学家邹迎曙在《柘树抗肿瘤活性成分的研究》一文中指出："柘树为桑科柘属植物，其根入药具有祛风除湿、活血通经、健脾益胃及消炎止痛等功效，临床用于治疗风湿关节痛、跌打损伤、脾虚泄泻及黄疸等症，近年来又用于治疗胃癌等消化系统肿瘤。"

以柘为地名最早当是河南柘城县。柘城县古称株野，传说黄帝的曾孙媳妇姜原把穷桑的一棵巨桑的根移植在株野，此后巨桑繁衍，也就是柘树丛生，从而改名柘县。正史记载，"柘县"一名始于战国，正如《太平寰宇记》所说的："邑有柘沟，以此为县。"秦置柘县，隋改柘城县。柘城县现存一棵柘树高 19.1 米，胸径 1.31 米，树冠面积 150 平方米，传说是植于宋仁宗年间，至今已 900 多年的历史，展示了它坚毅的品格和顽强的生命力。江苏省连云港柘汪镇有很多柘树，又有很多人姓柘，地名、树名、姓氏一条龙呈现，绝无仅有。

一位网名"曾在北湖漂过了"的网友发帖："福建有个柘荣县，据说是从河南柘城移民过去的，后人为了纪念先人，起名柘荣。"可以肯定，柘荣多数人的先祖是从河南迁徙过来的，如陈姓就是河南颍川郡的移民，至于是否柘城移民、柘字头的地名是否为了纪念原籍柘城而起的，猜测的可能性大，不必深究，立此存照。但柘荣以柘为地名，正史记载早已有之，有柘树也是千真万确的。我记得儿时县医院后门至县委大楼，有一片茂密的原始森林，靠医院方向的叫作"上柴岚"，县委大楼那一边是"下柴岚"，有楮树、松树、樟树、辛而树，还有许多不知名的树。大的树几人合抱，高耸入云。柘树灌木丛随处可见，风儿吹拂，林海涛声，百鸟争鸣，何等壮观！柘荣第二次复县即1975年，这一片原始森林被砍伐。1980年在县委大楼左侧还可见到几棵樟树、辛而树，还有柘树。当年的县科协主席薛茂仙写了一篇关于柘树的科普文章，发表在《柘荣科普》，呼吁人们珍惜这珍稀树种。如今，"上柴岚"和"下柴岚"所有的树种荡然全无，令人五味杂陈，只有"下柴岚"边（县招待所大门右侧）孤零零的一棵老樟树，俯视着汩汩而去的溪坪溪，在微风中"沙沙"作响，似乎向母亲河忧伤地倾诉逝去的柘树姐妹们的不平，也在祈祷幸存于荒郊僻壤的柘树姐妹们生生不息。

柘荣是全国41个长寿乡之一。一方水土养一方草木，一方水土和一方草木滋养一方人，柘荣这片热土上生生不息的柘树和生生不息的柘荣人民，岂不是在冥冥之中有着某种默契吗？

从马致远的故里东光到"柘树之乡"柘城直至"长寿之乡"柘荣，无论何时何地的柘树，都是那样刚毅，那样顽强，那样无私，那样壮观！它不愧是树中的巾帼英雄，是柘荣的母亲树；它不愧是树中的南极寿星，是柘荣的文化名片！

春风杨柳色

  溪坪溪两岸，莺啼柳绿，东风微拂，飞舞的杨花，缓缓地飘洒在鱼翔浅底的水面，这不就是"水边柳絮由春风"（唐·孟郊）吗？

  这，就是一幅春风杨柳色的动人画面。

  柳树也称杨柳，有垂柳和旱柳两大类，前者大都生长于平原河岸水边，后者大都生长于缺水的高原地带。二者其实是一家人，都属于杨柳科柳属植物。全属分为 500 多种，主要分布在北半球温带地区，我国现有 257 种、120 个变种、33 个变型。我的故乡福建省柘荣县多柳，故称柳城，遍布城乡的柳树大都是主流品种垂柳。

  柳树是我国的原生树种，资格很老。据考证，在第三纪的山旺森林里就有柳属；在距今 11000 年左右，青岛胶州湾附近就有柳属植物；史前的甲骨文出现过"柳"字。《诗经》记载"折柳樊圃"，就是说，2500 多年前，人们就用柳枝做菜园的篱笆了。古代种柳成风。《晋书》记载："自长安至于诸州，皆夹路树槐柳。"《隋书》记载：皇上"诏民间有柳一株赏一缴，百姓竞植之"。如果种活一株柳树，就可奖赏细绢一匹，何乐而不为？由此可见，当时的统治者对生态环境的绿化、美化、净化何等重视。文成公主嫁给松赞干布，临行前不忘从长安带走一棵柳树，亲自栽在大昭寺，此后成为民族团结的历史见证。

  杨柳是"性情中人"。元代薛昂夫写道："一丝杨柳千丝恨，三分春色二分休。"极言杨柳缠绵悱恻、柔情似水。"我失骄杨君失柳，杨柳轻飏直上重霄九"，毛泽东以极度夸张的革命浪漫主义手法，巧借知性的杨柳喻指革命英烈杨开慧、柳直荀的忠魂升上九天，寄托深切的哀思。《古微书》记载："庶人无坟，树以杨柳。"春秋时代不允许平民百姓死后筑坟墓，只能在葬身之地栽柳树寄托哀思。如今人们用柳枝扎花圈以及清明节墓地插柳的习俗皆源于此。

"万人齐看翻金勒，百步穿杨逐箭空。"这是唐代李涉《看射柳枝》一诗对百步穿杨的描述。百步穿杨就是"射柳"，匈奴、鲜卑、金、元的"射柳"活动开展得很早很活跃，汉族的"射柳"活动开展得也不晚，源于战国初期。《史记·周本纪》记载，楚国养由基"去柳叶百步而射之，百发而百中之"。"百步穿柳"也就是后来说的"百步穿杨"典出于此，具体指的是，射手骑马在七八十米外瞄准柳叶射箭。这是有益于身心健康的文体活动，也是有实战意义的军事训练。这项活动延续到清代才衰微。

王维诗云："忽过新丰市，还归细柳营。"说的是汉代名将周亚夫军纪严明，不扰民，悄悄地屯兵细柳营，此后细柳营成了军营的别称，成了军纪严明的象征。

"碧玉妆成一树高，万条垂下绿丝绦。"（唐·贺知章《咏柳》）碧玉妆成的柳树，何等高贵，然而她总是眼睛向下接地气，任由东西南北风，是那样的随和，又是那样的枝繁叶茂、那样的摇曳生姿、那样的生机盎然、那样的坚定不移，这不就是平凡朴实的平民精神吗？柳树可还是贵族呢！《炀帝开河记》讲了这么个故事：隋炀帝和群臣种柳于汴河两岸，"栽毕，帝御笔写赐垂柳姓杨，曰杨柳也"。柳树一登龙门，顿时身价百倍。其实，柳树何止是贵族？低调的她，早就是神了。《汉书·睦弘传》称柳为"阴类"，也就是女性、女阴，伟大的母亲。《辽史·礼志》说到北方民族祈雨之时，必定举行射柳仪式，把柳作为崇拜物的象征。满族人以柳为神，以柳为祖，以柳

为母，顶礼膜拜。

柳树是高尚品格的象征。春秋时鲁国的柳下惠坐怀不乱，凭借其高尚品德和超凡定力，博得当时的人们和后人的崇敬。后人对柳树的钟爱，表达了对纯正品格和高洁操守的追求。晋代"不为五斗米而折腰"的陶渊明，在堂前种了5棵柳树，写下千古名篇《五柳先生传》，以柳自命，赞颂"不慕名利""忘怀得失"的高贵品质，后人敬称其为"五柳先生"。

"袅袅古堤边，青青一树烟"，沐浴在和煦的春风里的两岸垂柳，翩翩起舞，婀娜多姿，青青如烟，苍翠欲滴，是那样的养眼，那样的养心，那样的养神，那样的养性，那样的怡情，那样的令人流连忘返。柳树不仅无私地给人以美的享受，而且无怨无悔地造福人类。你看，在广袤的田野上，农民挑在肩上的柳条筐，不就是柳树身上的筋骨？你看，在热火朝天的建筑工地上，工人头上的柳条帽，不就是柳树枝的变身？柳树干可以制作用具、建房子，柳芽是可口的佳肴，柳叶可以入药，这岂不都是无私的奉献精神？

柳树柔中有刚，坚忍不拔。半个世纪以前，四川水布垭工程坝区附近有一位50多岁的土家族柳条编织匠，叫向志仪，他眼见附近一条小溪，夏季洪水暴涨，为防止孩子上学被冲走，便在溪两岸种柳树，春季人为地让柳枝按其意志相对生长，秋季用绳索捆住定型，两岸柳枝相逢，编织成桥。经过40年的耐心编织，柳桥成型，高出水面4米，长10米，宽度可供4人并排行走。这是世间绝无仅有的桥。

柳树不仅具有坚忍不拔的品格，而且生命力极其顽强。青海高原李家峡水电站总部门口有一棵柳树，树干两人合抱，树荫面积达100多平方米，这在全国是罕见的。柳树的寿命最长可达150年，是饱经风霜、"阅尽人间春色"的"老寿星"了。柳树的生命力何以如此之顽强呢？《太平御览·木部》说柳树"断植之更生，倒之亦生，横之亦生。生之易者，莫若斯木"。现代科学揭示了柳树生命力顽强的秘密：柳树皮汁中含有水杨酸，水杨酸是阿司匹林的主要原料，柳树靠着自身的阿司匹林强有力地与其他植物争夺水分和养料，"物竞天择，适者生存"，柳树胜出。那么，一棵如同巨大的华盖的大柳树，最早是从何而来的呢？也许她就是初民们崇拜的"死而复生，永生不死"的偶像；也许是一片柳林"汰弱留强"后的奇迹；"春尽絮飞留不得，随风好去落谁家？"（唐·刘禹锡）也许是别处的柳絮飞扬，落地生根、发芽、成长；也许是哪只小鸟身上沾上柳絮，落地长成……柳树如此坚忍顽强，充满着天然的人格魅力，无怪乎毛泽东情深意长地借物喻人："共产党人要像松柏那样坚贞，也要像柳树那样，插在哪里就在哪里活。"柳树的坚忍不拔和顽强，就是特殊材料铸成的共产党人的优秀品格，英勇的柘荣人民不也具有这种优秀品格？

"柳条折尽花飞尽，借问行人归不归？"（隋·无名氏《送别诗》）在福建省第一个"中国长寿之乡"柘荣，溪坪溪两岸的杨柳如诗如画，溪坪溪两岸的杨柳无私无畏，溪坪溪两岸的杨柳坚忍不拔，溪坪溪两岸的杨柳永不灭绝。她伴随着我从人生的春天走进人生的夏天，从人生的夏天走进人生的秋天，从人生的秋天走进人生的冬天，她的柔情和品性渗透到我的血液和生命中，令我刻骨铭心、难以忘怀，我哪有不归的道理呢？

山上青松山下花

"山上青松山下花，花笑青松不如它。有朝一日寒霜降，只见青松不见花。"这首诗我最早在冯梦龙的《醒世恒言》中读到，后来在一本叫作《看破世界》的佛教通俗读物中读到。据说是南北朝义僧慧光的偈语，是劝世的说教，说的是山上青松挺拔苍翠，山下的花儿绚丽多彩，花儿嘲笑青松不如它美丽动人，可是，有朝一日寒霜降，青松依然生机勃勃，而花儿却凋谢了，隐喻严酷的环境最能考验一个人的成败得失和生死存亡。

赞美青松的诗文古往今来汗牛充栋，有不少是名人或大人物的杰作。

杜甫《凭韦少府班觅松树子》写道："落落出群非榉柳，青青不朽岂杨梅。欲存老盖千年意，为觅霜根数寸栽。"青松的落落出群、青青不朽在杜甫笔下掷地有声。

"大雪压青松，青松挺且直。要知松高洁，待到雪化时。"陈毅元帅这首《青松》中，大雪象征恶劣环境，喻青松为顽强的革命者，革命者在艰苦的斗争中战胜了无数困难，彰显了崇高的品格。

陶铸在《松树的风格》中，讴歌赞颂松树要求于人的甚少，给予人的甚多，这种风格就是无私奉献的共产主义精神。

青松是那样的出群，那样的青青，那样的高洁，那样的无私，确实令人敬仰。

山下的花儿在"寒霜降"的恶劣环境下，难道就如慧光和尚的偈语中所说的都"不见"了吗？其实不然。

"风雨送春归，飞雪迎春到。已是悬崖百丈冰，犹有花枝俏。

俏也不争春，只把春来报。待到山花烂漫时，她在丛中笑。"毛泽东笔下堪与山上凌雪昂然的青松相媲美的寒梅，极具代表性地宣称山下的花儿并非都会因"寒霜降"而"不见"。显而易见，慧光的偈语并非全面，也不客观。

当然，"不见"了的花是有的，而且是大多数，何以如此？因为"花无百日红"，缘于其寿命的定数。然而，"落红不是无情物，化作春泥更护花"（清·龚自珍），之所以"不见"，为的是来年春暖而花开得更加绚烂夺目，这岂不是崇高的母爱？这岂不是伟大的献身精神？我们在敬仰青松的崇高品格的同时，不也可以同样的心情崇敬"在丛中笑"的傲雪寒梅？不也更是可以崇敬"不见"了的"化作春泥更护花"的花儿？

寸有所长，尺有所短。山上的青松和山下的花儿，各有千秋，谁也不能嘲笑谁，谁也不能排斥谁，因为，世界是多元的，人们需要青松，也不能没有花儿。

松千年，柏万年

"南山松柏青又青，人人爱社莫变心。莫学杨柳半年绿，要学松柏四季青。莫学灯笼千只眼，要学蜡烛一条心。"1958 年下半年，我念小学六年级上学期，语文课本里有这首山西昔阳的民歌。老师说，松树和柏树四季常青，象征着人们健康长寿，象征着人们友谊长青。松树我常见，而柏树当时才第一次听说，当然，后来也见识了。如今的我已逾古稀，算是长寿，学习这首民歌至今已一个甲子了，我和我的同班同学的友谊依然如故，还可能持续下去，算是长青了。

"千年松，万年柏"，松树相当长寿，而柏树的寿命更长。北京的柏树多，树龄 500 岁以上的就有 5000 多株。如天坛回音壁外西北侧，有一株古柏高 18 米，树干周长 3.8 米，突出的树干纹路从上往下纠缠扭结，好像九条巨龙相互盘绕，故而得名"九龙柏"，明朝永乐十八年（1420）种的，距今 600 来年了。较之北京的古柏，陕西渭南市白水县仓颉庙里的一株柏树更是引人注目：高 17 米，树围 7.28 米，根围 9.3 米，树干纹路像湍急而下的河水，树杈像河中的乱礁，天然造型如飞珠溅玉的瀑布，故得名"瀑布柏"，传说是仓颉亲手种植的，距今已 5000 多年了。在陕西轩辕庙中，一株古柏高 20 米，树冠覆盖面积达 178 平方米，树龄比"瀑布柏"更长些，欧洲人称之为"世界柏树之父"，其来历很不寻常。传说，当年黄帝打败蚩尤，定居现黄陵县桥山，那里的百姓乱砍滥伐，就连黄帝禁伐的柏树也被摧残得所剩无几，水土流失严重，暴雨之后发洪水，冲走无数人畜。黄帝严令从此封山育林，亲自带头植树造林。他亲手栽种的这株柏树根深蒂固、枝繁叶茂，和仓颉栽种的那株柏树遥相呼应，都经历了5000多年的历史沧桑，见证了上下五千年的中华文明，见证了华夏民族是不朽的伟大民族。更为奇绝的是崖柏，就是万年柏，主要分布在秦岭、太行山海拔千米的高山一带，其根扎在陡峭的悬崖石缝中，裸根长年累月经受大自然的洗礼，形态奇崛多变、柏油充盈、清香飘溢，生长极其缓慢，100年才可长到3米高、直径10厘米，贵为植物界的"大熊猫"、最长寿的"万年柏"。所谓"柏万年"，真正是指这极其珍稀的柏树。

"送君帐下衣裳白，数尺坟头柏树新。"这是唐代诗人张籍题为《哭胡十八遇》一诗中对"亲不在"的悲切慨叹。当年先考佳城落成，我兄弟姐妹借苍柏之正气、崇高、不朽，分别于龙手和虎手各栽种一株地柏，寄托对逝者敬仰怀念、愿逝者长眠不朽的愿望。如今这两株灵柏更加郁郁葱葱、庄严肃穆。国人借柏树为情感的载体，国外亦然，如古罗马人常用柏木制作棺木，他们和希腊人一样，习惯于把柏枝放入灵柩中与死者共眠，让死者沾得吉祥之气，在另一个世界里安宁幸福。

"岁寒知松柏，患难见真情。"这是明代戏曲家汤显祖的《牡丹亭》剧中的话，说的是杜丽娘和柳梦梅的爱情故事。杜太守的千金杜丽娘豆蔻年华，天生丽质、多愁善感、情窦初开，其父请来家教老儒生陈最良为其授课。陈最良讲解《诗经》中的"关关雎鸠"，杜丽娘触动了情丝而春心萌动。有一天她去后花园踏春后，回卧室倒头便睡，猛然见一书生手持柳枝请她作诗，并将其抱至牡丹亭行云雨之事。一觉醒来原来是一场春梦，但她对书生刻骨铭心而寻梦牡丹亭。因未曾寻得梦中的意中人，忧郁而死。杜太守升官淮扬安抚

使，赴任前将女儿安葬于后花园梅树下，修梅花庵一座，请一老道姑守护。杜丽娘的游魂飘进地府，判官查明缘由，准其返回人间与梦中的意中人结成伉俪。杜丽娘梦中的意中人是赴京赶考的书生柳梦梅，他途中感染风寒而入住梅花庵，愈后巧遇杜丽娘的游魂，二人似曾相识，一见如故，过起恩爱夫妻生活。老道姑察觉，柳梦梅真情相告，二人合力掘墓，杜丽娘还魂回到阳间，二人一起进京。柳梦梅中进士，直奔淮扬找杜巡抚，自报家门并禀告自己是杜家女婿，杜巡抚不信，判斩。危急关头，朝廷派人携同柳梦梅家人来通报柳梦梅为新科状元。杜巡抚便怀疑柳梦梅乃妖精，启奏皇上明察。经照妖镜验明是凡人，皇上下旨，父女夫妻相认，归第成亲。生死姻缘，患难见真情。自古以来，柏树象征着百年好合、白头偕老，杜丽娘和柳梦梅的爱情故事，充满浪漫主义色彩，令人梦幻般地沉浸在如痴如醉的情海惊涛之中。

柏树是家族庞大的常绿乔木或常绿灌木，适应性强，在－31℃至40℃的环境中都能生长。柏树是柏科树的总称，具体可分为侧柏（扁柏）、桧柏（圆柏）、地柏（无直立主干）、刺柏（十几米高大乔木）等，大都是雕刻、家具、建筑、桥梁、造船等的优质木材。

"昔人贵松柏"，这是宋代诗人陈郁的诗句，说的是古人视松树和柏树为尊贵。柏树生生不息，万古长青！

家有罗汉松，世代不受穷

　　"白云古刹景清幽，半月沉江吉水流。破寺残椽根基好，有缘僧士定重修。"这首诗是唐代名僧一行和尚云游到福建柘荣前山的白云寺即今之广福寺，见寺院破败衰微的景象感慨而作。20 世纪 80 年代，世乐和尚从福鼎到广福寺当住持，我时有去广福寺找些佛学书籍看，慢慢地和世乐和尚熟悉了，两人有时聊点佛，有时聊点别的，颇为投缘。他给我讲了他世俗的身世，也讲了遁入空门后的修炼，还讲述了广福寺的来历和变迁以及寺内大院里一株神奇的千年古树罗汉松。这株奇树挺拔、雄伟、苍劲、傲然而又神韵清雅。

　　东汉时有个叫禅空的和尚云游到前山，见此处有三座鳌鱼山围拢一条清溪，成半月沉江状，断定此乃僧家风水宝地，便四处化缘，于光武二十六年（50）建成白云寺。风雨沧桑数百年后，一行和尚见到的寺貌已是残垣断壁，故而慨然赋诗。到了唐庄宗同光二年（924），福州鼓山普惠和尚云游到此，见一行和尚扎心的壁题，便发愤图强，大兴土木，刻意重修，更名为根鼓寺。因寺院地基为前山黄姓族人捐赠，故而易名为包含"黄"字的广（廣）福寺。至于寺内的一株千年古树，世乐和尚说，传说更名根鼓寺后，香火旺盛，一日，一位仪容不凡的香客前来进香，而后不经意地把一株树苗扔在寺院，后树苗自然成活生长。原来这位香客是罗汉，这株树是松树，人们就叫罗汉松。千年以来，这株罗汉松历尽风霜雨雪，既是

镇寺之宝，也是前山的风水宝树。

柘荣的千年罗汉松的传说很美丽，天目山和黄山交界的高峰山悬崖上的白云寺前挺立着的一株古老的参天罗汉松的传说也相当感人。1400多年前，高峰山下天灾不断，饿殍遍野，有个姓石的财主，存粮不济灾民，还趁机哄抬粮价。有一天，石财主家来了个胖和尚，捧着木碗化缘，说已5天粒米未进、滴水未喝，乞求赏饭一顿。石财主吝啬刻薄，说和尚饿了5天还这么胖，说明没有饿过，若是在他门前饿10天不死，就相信真的饿过，可以养他一辈子。和尚答应。10天后和尚面不改色，石财主心有不甘而食言，继续刁难，说和尚如果能一夜之间在高峰山悬崖上种一株松树，他什么条件都答应。和尚说若能成，石财主就开仓救济灾民，石财主谅他绝对难以成事，便满口答应。次日晨，和尚请石财主验收，石财主亲自带人前往悬崖下仰望，只见千仞崖壁的石缝里果然长出苍翠欲滴的一株松树。他知道遇上菩萨了，连忙跪求恕罪，和尚说开仓济民吧，说了句"我本是罗汉"，随着一阵佛光消失了。人们为了纪念罗汉的大恩大德，便把这株松树叫作罗汉松。

罗汉松属于松树类，常绿针叶乔木，分布在长江以南的福建等十几个省、市、自治区。日本也有罗汉松，其材质均匀细致，可制作农具、家具、文具以及其他器具，实用价值高。罗汉松是长寿树，如江西吉安卢家洲有一株罗汉树，高28米，围径5.2米，1500多岁了；湖南浏阳的一株罗汉松1900多岁，依然枝繁叶茂、形态优雅、郁郁葱葱、欣欣向荣。正如清代诗人曾燠诗云"六朝栋梁材"，可见罗汉松何等健康长寿！

"家有罗汉松，世代不受穷。"罗汉松不仅神奇、高雅、长寿，还是富贵的象征。自古以来，富贵人家除了宅院里栽种罗汉松，还摆放罗汉松盆景，作为镇宅之宝，如贵妃罗汉松、珍珠罗汉松、金钻罗汉松、雀舌罗汉松、米叶罗汉松、日本罗汉松、云南罗汉松、海岛罗汉松等，除显示超凡脱俗、益寿延年之外，还标志着吉祥如意、镇煞辟邪、招财进宝。有的盆景价值数万元、数十万元乃至上百万元，其身价之高令人咋舌。

"天下好话书说尽，天下名山僧占多。"世乐和尚引用这句俗话跟我说，佛典里说的都是好话，寺院大都建在名山，名山皆为风水宝地，这是僧家托福于佛祖。凡是有模有样的寺院，都栽种罗汉松，寺院周边的村庄大都以罗汉松为风水树，借罗汉松寄托情感，僧俗一家亲。

"君埋泉下泥销骨，我寄人间雪满头。"这是唐代诗人白居易怀念他的挚友元稹的诗句，令人十分感慨。我因之而想起世乐和尚。世乐和尚佛缘好，人缘好，事业心强，他入主广福寺时，广福寺虽然不是残垣断壁，"床头屋漏无干处"却是常态。他的高徒遍布海内外，得知他处于困境，个个慷慨解囊，集 300 来万元巨款，前山民众赠地数十亩，广福寺才得以扩建，气势恢宏，面貌焕然一新。世乐和尚事必躬亲，以致积劳成疾，古稀之后圆寂。如今我也已逾古稀，满头白雪，每每想起世乐和尚，就想到他如同广福寺内那株巍然屹立的四季常青的罗汉松，历历在目。

樛枝平地虬龙走，高干半空风雨寒

"樛枝平地虬龙走，高干半空风雨寒。"宋代诗人舒岳祥在《樟树》一诗中极言樟树耸立凌空，饱经风霜，壮硕长寿，令人肃然起敬。

如此雄伟的樟树是什么样的树种呢？它和人类的关系又是如何的呢？

原来，樟树雅称香樟树，昵称香樟，还有不雅的称呼臭樟以及俗气的名字乌樟、栳樟、瑶人柴等，属于樟科常绿大乔木，俗称"长寿树"，主要分布在长江流域以南。如广西的大西江乡，有一棵樟树高30米，树干需6个成年人合抱，树冠如遮天巨伞，树龄2000多岁，是樟树族中的老寿星。科学家研究发现，早在石灰纪就有樟树植物的化石了，7000多年前的浙江河姆渡遗址发现先人使用过樟木的遗迹。樟树分为木樟和油樟两大类：木樟的材质坚硬美观，宜做家具、箱子，是雕刻、建筑和造船的理想用材；油樟的药用价值高，根、叶、花、果均可入药。樟树含有特殊香气和挥发油，可提取贵重的樟油，人们常见常用的樟脑丸的原材料就是樟树，尤其是油樟中的龙脑樟具有很高的经济价值。如浙江省绍兴市上虞区有一片很大的龙脑樟，可提取龙脑（冰片），每公斤1万元，每亩可创收40万元！樟树的可爱自然引发人们的喜爱，如民间常把樟树作为风水树，象征避邪避秽、健康长寿、吉祥如意。樟树成林则为壮丽的景观，如江西省清江县的樟树分布广泛、历史悠久、传说优美，故将县名更改为樟树市；杭州、义乌、马鞍山市争相把樟树命名为市树，樟树成为人类最好的朋友之一。

"河边古樟树，亦各有枯荣。人事关时数，春风莫世情。"宋代诗人戴复古在其诗中如此写道，可见古樟树的枯荣与人世间的兴衰融为一体。

传说北宋末年，高宗赵构被金兵追杀，他慌不择路，逃窜到安徽婺源严田水口。这个地方有一片樟树林，其中一棵树冠遮天蔽日，树龄将近千岁。赵构急中生智，爬上这棵巨樟，躲过一劫，宋王朝又延续了近150年。如今这棵救主巨樟1600多岁了，高达20多米，胸径4.3米，枝干横斜，雄浑苍劲，叶片层叠，展翠披青，生机勃勃。

更为壮观的是江西省东安县牛田镇水南村头的一片1万多棵的樟树林，其中500岁以上的3000多棵，800岁以上的1400多棵，树龄最长的一棵1000多岁。林中最有来历的是一棵像马鞍的古樟，相传文天祥途经水南洲时，跨过这棵古樟，人们为纪念这位英雄，将其称为"马鞍樟"。

我的故乡福建省柘荣县的一棵人称"长寿树"的古樟同它的先人及兄弟姐妹一样，也有着丰富的独特的"人生阅历"。

"樟之盖兮麓下，云垂幄兮为帷。"（唐·沈亚之《文祝延二阕》）这棵古樟的树干要两个成年人合抱，高耸入云，树冠如同巨大的帷幄，长在东山麓的溪坪溪岸上、柳城古老的城墙外，少说也有700岁高龄了。它饱经风霜，"阅尽人间春色"。

相传大明王朝建立之前，柘洋豪杰袁天禄跟随朱元璋推翻元朝统治，因其功勋卓著，大明王朝建立后，洪武帝便钦赐其筑龙、柳城二城，特嘱柳城"从西边筑起"。因"西"和"溪"同音，袁天禄便从溪边即溪坪溪边筑起。筑城时柘洋的人力不足，石材匮乏，东

山上的何仙姑和马仙姑仁心大发，一夜之间把东山的岩石点化成无数小猪赶下山，又变成城墙的石材。"长寿树"见证了这一过程。

在"普天之下，莫非王土"的古代，柘洋是司，推翻帝制实现共和的民国后，柘洋是霞浦的特种区（副县级）。1930 年，寿宁的土匪头何金标率数百人攻打柳城，面对坚固的城墙和英勇的民众，何匪本无可奈何。但由于城内出了"通鬼"（柘洋方言，"内奸"），何匪得逞，进城大肆杀戮、奸淫、掠夺，多名妇女被掳到寿宁为匪徒之妻。"长寿树"见证了这一过程。

1945 年 10 月，柘洋立县，社会贤达陈善臣倡议更名"柘荣"。"长寿树"见证了这一过程。

1949 年 6 月 15 日，陈毅、粟裕挥师南下，柘荣解放了，建立起了人民政权。土地改革、社会主义改造、人民公社、"文化大革命"、改革开放、两次撤县和两次复县……"长寿树"见证了这一过程。

"长寿树"下的溪坪溪的屎马桶窟、"前鼎"和"后鼎"三个连片的潭，水绿得发蓝，旋涡一个又一个地在打转，寒气逼人，深不见底，没有人敢在这里游泳。"长寿树"对岸的衙田坪、旱田荷若是干旱，几十部水车都会从这三个潭里抽水抗旱以保丰收。随着时光的推移，溪坪溪上游的山林砍伐严重，水土保持的力量日趋单薄，三个深潭消失了。"长寿树"见证了这一过程。

1975 年之前，县宾馆地址是"上柴岚"，县委大楼地址是"下柴岚"。两个"柴岚"是连片的原始森林，辛夷、柘树、苍松、楮树、枫树、樟树形成了一片林海。微风吹拂，林海"沙沙"作响，若是狂风骤雨，林海汹涌翻腾。为了建县委办公楼和宾馆，树木们发挥了它们应有的作用。"长寿树"见证了这一过程。

柘荣"小县大城关"的建设蓝图成为现实后，街道两旁的法国落叶梧桐逐渐地被杨柳、樟树替代。美丽的仙屿公园的樟树林飘香吐翠，东山脚下的天福公园，一排排绿叶叠翠的樟树生机勃勃，溪坪溪两岸婀娜多姿的垂柳和昂然挺拔的樟树交相媲美，风光秀丽的柘荣无愧为宜居的全国长寿之乡。"长寿树"见证了这一过程。

这棵"高干半空风雨寒"的"长寿树"，如同华盖，如同帷幄。在故乡的数十年间，我多少回独个儿在它的庇荫下休憩、发思古之幽情，多少回在它的庇荫下和朋友谈古论今，多少回在它的庇荫下和朋友畅想未来。它的历尽沧桑和我的坎坷人生，发出了共振，产生了强烈的共鸣……

霜叶红于二月花

"远上寒山石径斜，白云生处有人家。停车坐爱枫林晚，霜叶红于二月花。"唐代诗人杜牧在"山行"中有感而发，写下了这首题为《山行》的千古名篇。长沙岳麓山青风峡上有一个亭子，清代乾隆年间山长罗典所建，初名红叶亭，后易名爱枫亭，再后据《山行》中的诗意取名"爱晚亭"，成为中国四大名亭之一（另三亭为醉翁亭、陶然亭、湖心亭）。1952 年，应湖南大学校长李达之请，毛泽东书写"爱晚亭"三字，悬于亭额。

我年少时对爱晚亭心驰神往，后来终于心想事成。1966 年 12 月，我步行串连到达古城长沙，登上雄伟而秀丽的岳麓山，驻足爱晚亭前，瞻仰亭额。亭子古香古色，我发思古之幽情，山长罗典大兴土木建亭台、毛泽东青年时期常到亭子读书的情景仿佛就在眼前；观赏枫叶在朔风中飘逸，预感将要春回大地；回首茫茫北去的湘江，但觉"无限江山""如此多娇"。

"染得千秋林一色，还家只当是春天。"枫叶之于文人学士、骚人墨客，无论是青绿还是火红，都是盎然春意。半个世纪前，福建柘荣城关的鳌岛仙峤，古木参天，深秋时节，万绿丛中一片火红，那就是"霜叶红于二月花"的数十株枫树，给人带来了"不似春光，胜似春光"的温馨感受。我时常提着一袋书，藏身于我深爱的枫树林里，忘我地邀游在无垠的知识海洋中，火热的青春，火红的枫叶，融为一体，燃烧着人类文明的激情。

"大爱无疆"，国人爱枫树，美国人也爱枫树，许许多多的国家和民族都爱枫树。加拿大人对枫树的爱更是达到至高无上的境界，枫树是这个国家的国树，枫叶是这个国家国旗的标志。这个国家的国徽也以枫叶为标志。这个国家无处没有枫树，无人不爱枫树，故而被称为枫叶之国。

枫树有何不寻常的来头？《山海经》记载："黄帝杀蚩尤于黎山，弃其械，化为枫树。"原来枫树是黄帝的武器变的，黄帝的对手同时也是一个非常了不起的英雄蚩尤的鲜血将枫叶染成红色。天下还有什么比枫树更高贵的呢？

"借问瘟君欲何往，纸船明烛照天烧。"（毛泽东）枫树是瘟神的克星。很久很久以前，桂西岜下屯一带发生瘟疫，人畜不断死亡，人们求神拜佛，无济于事，瘟疫依然蔓延着。在这灾难深重的时刻，有个 17 岁名叫黄苇的孤儿出现了。他从小吃百家饭，懂得感恩，平日里手脚勤快，乐于助人。瘟疫闹得人心惶惶，他感到忧心忡忡。有一天，听一位老人说李家峝的神医李真人能妙手回春，他便蹚过 33 条河，爬过 33 座高山，穿过 33 个山弄，经过三天三夜的艰难跋涉，终于找到了李真人，要回了药方。他采了药熬成汁，一家一户送去，给病重的乡亲喂药。因过度劳累，他昏死过去，灵魂出窍飘荡。李真人嘱其去孙家庄寻找能起死回生的良医孙善子来根治乡亲的病。他飘呀飘，飘到了孙家庄，一位自称孙善子的白须老者招呼他，告知回去上山采摘如掌一样三裂或五裂或七裂的树叶，用叶子蒸糯米饭吃，折来的树枝插门楣可驱瘟避邪。黄苇指导乡亲们遵照孙善子的吩咐办，终于赶走了瘟神，这一天是三月初三。从此，桂西一带的三月三吃枫叶糯米饭和门楣插枫树枝成了风俗习惯。

枫树浑身是宝，枫叶、枫枝、枫树根能入药；枫树籽又名"路路通"，可疏通经络、活血化瘀，是伤科和妇科的要药，也是治疗湿

疹的良药。

谚云："八百年的枫树蔸顽固不化。"说明枫树的生命力极其顽强，长寿而坚毅。千岁以上的古枫全国并不少见，如浙江泰顺一株枫树就有 1000 多岁，慈溪的一株树龄达 1100 多年。

枫树的家族庞大，人丁多，颜值高。枫树是槭树科植物，全世界 199 种，中国 157 种，遍布全国各地，其品种如鸡爪枫、元宝枫、茶条槭、橄榄槭、厚叶槭、光叶槭、血皮槭、建始槭等，丰富多彩。枫树有灌木、小乔木和大乔木。如南京栖霞山的一片枫树林，百岁以上的就达 500 多株，高大的可达 30 米左右，树冠覆盖面积近 20 平方米，枝条横展，姿态优美，叶形秀丽，青紫色变红色或黄色，独树一帜，魅力无穷。

片片枫叶片片情。枫树知秋，令人产生无限幽远的秋思；枫树是性情中的临风玉树，令人对爱情产生不尽的遐思；枫树火焰般的艳丽，令人对火热的青春万般眷恋；枫树烈火般的热情，令人对友谊深深怀念。

"夕阳无限好，只是近黄昏。"在福州福山郊野公园红色的枫树林海中徜徉，勾起了我对岳麓山爱晚亭的追忆，勾起了我对如今已消失了的柘荣仙屿一片枫树林的追忆，勾起了我对青春似火的追忆，勾起了我对"学海无涯苦作舟"的追忆。无限美好的夕阳和红得滴血的片片枫叶，在暮色苍茫中相映成趣，过去的一切，都成为亲切的怀念，如今还能复制吗？

自强不息　厚德载物

　　"桂林山水甲天下"，阳朔"这边风景独好"。这里的一株古榕树和阳朔同龄，1400 多岁了，高 17 米，围径 7.05 米，树冠覆盖面积 2 亩。当年电影《刘三姐》中阿牛哥和刘三姐对歌、抛绣球、定终身的一场戏就是在这株古榕树下拍的。这株古榕树是阳朔人气最旺的景点，一般年接待游客高达 80 万之众。

　　"鸟的天堂"名扬天下，说的是广东新会天马村天马河的一个小岛，岛上一株古榕树 500 多岁，其冠幅笼罩河面 18 亩左右，枝藤交错如一片原始森林，远望则如浮于水面的一片绿洲。1933 年巴金去新会和朋友相聚，途经此地，目睹在这株古榕上栖息着或飞翔着的各种鸟，有感而发，回上海后写下散文《鸟的天堂》，发表于《文学》。中华人民共和国成立后，这篇文章收入人教版语文课本四年级上册。如今这个地方建了"观鸟楼"，成为旅游胜地，柘荣籍的福建师范大学博导、教授袁勇麟在《中国当代散文导读》中写道："《鸟的天堂》……是一曲优美动人的田园牧歌，也是中国现代散文史上写景抒情的名篇佳作。"

　　"垂一方之美荫，来万里之清风。"这是南宋名相李纲贬居福州时留下的佳句，盛赞榕树对榕城的美化和净化。如今榕城的榕树多达 20 多万株，树龄百年以上的 600 多株，300 岁以上的 20 多株。森林公园的一株千岁古榕树高 20 米，围径 10 米，冠幅 1330 平方米，

占地面积 2 亩多，树荫下可容 1000 多人，号称"榕树王"。北宋治平年间，张伯玉任福州太守。这年盛夏奇热难当，张太守编户种植榕树。传说，一天夜里，他梦见临水陈夫人剪下自己的一绺头发扔下，长成一株大榕树，张太守于次日遵照陈夫人仙示栽种，这就是如今的"榕树王"。

无论是阳朔的大榕树，或者是广东新会"鸟的天堂"，还是福州的"榕树王"，只要是榕树，无不盘根错节、亭亭如盖、郁郁葱葱，无不蓬须倒垂、立地生根、独树成林。

榕树的独树成林过程如何？因榕树寿命长、生长快，故其侧枝和侧根特别发达。它的主干和枝条上生长着如同新疆维吾尔族姑娘的辫子一样的须根。须根从空气中吸收养分，逐渐变粗壮成为支柱根，而支柱根不长枝叶，故不消耗养料，其作用是支撑不断向外扩展的树枝，柱根相托，不断扩展树冠的覆盖面，渐渐形成独树成林、遮天蔽日的壮丽景象。小鸟喜食榕树的种子，但种子难以消化，随粪便排出，若是散播在大榕树上，就长出小榕树，形成树上有树的奇特景观。

大千世界，无奇不有。全世界多达 6 万多种树，各有其特色，而能够独树成林的唯有榕树。《易》曰："天行健，君子以自强不息；地势坤，君子以厚德载物。"这说的不就是榕树精神？

无由持一碗，寄与爱茶人

　　"开门七件事，柴米油盐酱醋茶。"可见茶在人们日常生活中的地位之高。为什么有这么高的地位？

　　中国是茶的故乡，茶神陆羽在其《茶经》一书中说"茶之为饮，发乎神农氏"，足见历史悠久。

　　全世界240多个国家和地区，中国茶叶产量最高，每年仅茶叶总产值就有300多亿元。福建的茶叶产量居全国第一，而福建安溪县的茶叶产量为福建省第一。当然，茶叶年总产值也是相当可观的，茶叶的重要性就可想而知了。

　　茶树的品种多且寿命长。如云南省凤庆县的"锦绣茶王"高10.2米，基围5.84米，胸围5.67米，树幅124.3平方米，树龄高达3200多年，堪称世界奇迹。茶树长寿，终身从事茶事且每日必饮茶水的茶人也大都长寿，如著名的茶人——福州的张天福先生。

　　茶叶的身价绝对不菲，如"锦绣茶王"采摘下来加工的茶品，2007年每克800多元，到了2015年，上涨为每克3500元，比黄金还贵。更贵的茶叶在福建，如武夷山的大红袍母树的茶制品在第七届大红袍文化节上拍出20克20.8万元，就是说1克1.04万元，1公斤就是1040万元。现有6株大红袍母树，武夷山市政府派专人看护，并向中国人保投产品责任保险1亿元。

　　茶叶和婚姻的关系相当密切。明朝娶媳妇定亲时，茶叶是必不

可少的珍贵聘礼，民俗典籍就有"定亲茶"的记载。到了清朝，茶叶在聘礼中可折为钱币，如清人福格（冯申之）在其清代风俗掌故笔记《听雨丛谈》一书中说道："今婚礼行聘，以茶叶为币，清汉之俗皆然，且非正室不用。"可见茶叶的高贵，娶正室才有资格用茶叶作为聘礼，偏室或小妾就没资格享受了。

茶树有灌木、小乔木和大乔木之分，灌木茶是进化过程的产物，居绝大多数，乔木茶大都是野生。茶叶的窨制则分为绿茶、红茶、白茶、乌龙茶、花茶、紧压茶、速溶茶等，各种茶又可细分若干类，如绿茶可分为龙井茶、黄山毛峰、庐山云雾等 20 多种。

茶有粗制和精制或深加工之别。上茶山采摘茶叶或者在山上采了野生茶叶后，将其放在大铁锅里揉搓、温火炒或者置于竹笼上让底下火钵焙，肉眼观察有成色，用手抓捏感觉干脆度适中，就是成品茶了。这种茶原汁原味，常用开水泡在陶瓷大茶壶中慢慢享用，或者泡在大碗里喝，讲究点的用铜茶壶烧开水泡。武林讲功夫，如少林功夫或者太极神功之类，茶叶的加工窨制也相当有讲究，如福安的坦洋工夫以及福鼎的白琳工夫，还有宁德窨制的茉莉花茶等，值钱在于功夫。

"君作茶歌如作史，不独品茶兼品士。"这是明代诗人杨慎的《和章水部沙坪茶歌》一诗中内涵极其丰富的两句诗，道出了茶文化源远流长、茶道博大精深。若是以茶为伴，其程序为审茶、观茶、品茶。所谓品茶，既是品评茶味又是饮酌茶水，配套的是幽静的环境、雅致的茶具。鸿儒名士，一壶佳茗，高雅闲适，"古今多少事，都付笑谈中"。

"神农尝百草，日遇七十二毒，得茶而解之。"（《神农本草经》）神农尝百草中毒，命悬一线，危在旦夕，嚼野茶服甘泉而愈，著成《神农本草经》，为本草之宝典。后人更是将茶之药用发扬光大，如谚云"药为各病之药，茶为万病之药""茶水喝足，百病可除""姜茶治痢，糖茶和胃""常喝茶，少烂牙""饮茶有益，消食解腻""苦茶久饮，明目清心""苦茶久饮，可以益思""淡茶温饮，清香养人""冬饮可御寒，夏饮去暑烦""清茶一杯在手，能解疾病与忧愁""好茶一杯，精神百倍""茶能压惊辟邪""壶中日月，养性延年"。明代李时珍的《本草纲目》对茶的药用、保健作用和精神抚慰作用，有着详尽的记述。民间已习惯以茶为药、以茶为保健品和精神安慰剂，陈茶镇惊、治风疹以及其他皮肤病的特效，更是家喻户晓。

"凡事有一弊必有一利，砒霜可以致命，也可以入药救人。"这是朱苏进《郑和下西洋》的剧中言。清代著名作家吴趼人在《目睹二十年之怪现状》第四十六回中说："天下事有一利必有一弊，哪里没有弊病的道理。"茶也如此，有利也有弊，饮用须懂得禁忌，把握适度，如谚语所云"不喝过量酒，不喝过夜茶""隔夜茶，毒如蛇""吃饭勿过饱，喝茶勿过浓""空腹茶心慌，晚茶难入寐，烫茶伤五内，温茶保年岁"。该怎么喝？谚云"春茶苦，夏茶涩；要好喝，秋露白""夏季宜饮绿，冬季宜饮红，春秋两季宜饮花"。

"以茶待客"，这是自古以来最基本的礼仪，正如俗话所说的："客来敬茶。"怎么敬？记住"投茶有序，先茶后水"，"茶七酒八"，因为"酒满欺人，茶满伤人"，"好茶不怕细品"。也许"人走茶就凉"，也许"茶好客常来"，人情冷暖世态炎凉，就是如此，平常心处之。

我爱茶，爱了一辈子，不过，我不会品，也不是饮，而是喝，大口大口地喝大碗茶，大口大口地喝大杯茶，粗茶土茶这样喝，朋友送的什么普洱茶或者什么金骏眉，我也是泡在杯里大口喝，不讲究水，不讲究茶具，不讲究茶道，就像《水浒传》里的好汉，大块大块地吃肉一样。我特别喜欢安溪的铁观音，一位安溪籍老朋友每年都送几斤给我。我去他家喝茶，他的茶具精致得让我生怕失手掉到地上砸了，而且他那样一小杯一小杯慢条斯理地酌，我觉得非常

不过瘾，我要的是大牙杯泡茶。他常笑我，说："孙华老弟，你是文雅的读书人，怎么一点也不讲究茶道？"我说："其实我只不过是几缕书香缭绕着的土人而已。"

"无由持一碗，寄与爱茶人。"（唐·白居易《山泉煎茶有怀》）"人同此心，心同此理"，我爱茶，我的许多亲朋好友都爱茶，不仅仅因为茶的高雅，不仅仅因为茶有益身心健康，还因为茶的无私奉献乃是中华民族的伟大精神，故而有请："来吧，爱茶人，'茶逢知己千杯少，壶中共抛一片心'，干一碗！"

宁可食无肉，不可居无竹

　　苏东坡在《于潜僧绿筠轩》一诗中写道："宁可食无肉，不可居无竹。无肉令人瘦，无竹令人俗。人瘦尚可肥，士俗不可医。"他借助对居于修竹绿筠中的高僧雅趣的赞美，表达了自己的心声。我小时候去乡下，潜身于翠绿欲滴的竹林中，感受到曲径通幽的清新婉约美。49年前上山下乡，在竹林成海的岭头大队，我对"不可居无竹"的理解深了一层。

　　竹为何方神圣，竟然能够备受一代文豪的极力尊崇？

　　贵为君王。传说夜郎国的开国之君是从竹筒里跳出来的，称为竹王；滇、黔、川一带的一些少数民族，敬称竹为至高无上的人。侗族的年轻人至今仍把自己心仪挚爱的人奉为竹，苗族同胞和瑶族同胞对竹图腾顶礼膜拜，甚为虔诚。贵州镇宁一支蒙正苗族同胞敬竹王的习俗绵延至今。从贵州黄平、黎平一带迁徙到湖南新宁的瑶族同胞，每年小暑节气来临之前，方圆百里的男女老少聚集在一片大竹林中举行盛大隆重的七日"竹王祭"仪式：选定一株最大的竹子作为竹王，用稻草扎成竹王神像，戴上竹根雕成的面具，置于竹王上，周边有"四大护卫"，这五株竹子上面插满彩旗，法师施展法术祈福保平安求丰收，瑶民们载歌载舞。

　　清奇脱俗。三国魏末晋初，嵇康、阮籍、山涛、向秀、刘伶、王戎、阮咸七位名士，常聚于山阳县（今修武一带）的竹林里，纵

酒高歌，赋诗撰文，放浪于形骸，讥讽朝廷的腐败，世谓"竹林七贤"。李白在题为《送韩准裴政孔巢父还山》一诗中写道："昨宵梦里还，云弄竹溪月。"回忆其开元二十五年（737）移家东鲁的隐居生活，他和山东名士孔巢父、韩准、裴政、张叔明、陶沔在徂徕山竹溪隐居，意气相投、愤世嫉俗、吟风弄月，世人称其"竹溪六逸"。竹的骨骼清奇和才子隐士的脱俗清高融为一体，愈益令人景仰。

坚定不移。郑板桥《竹石》一诗写道："咬定青山不放松，立根原在破岩中。千磨万击还坚劲，任尔东西南北风。"竹的生存环境本来就很恶劣，还要与来自四面八方的狂风搏斗。郑板桥任过两个县的知县，为官清廉，为民造福，却屡遭掣肘，但他绝不与恶势力同流合污，仍坚定不移地坚持自己的立场和操守，这首诗以竹自况。苏东坡也经历了仕途艰险、宦海浮沉，尽管多次被贬谪流放，但他的政治主张始终如一，所以他也常以竹自勉。

刚毅挺拔。郑板桥《题画竹》诗云："两枝修竹出重霄，几叶新篁倒挂稍。本是同根复同气，有何卑下有何高！"没有一株竹旋转盘虬、弯腰曲背，除去刚抽芽的几片叶芽，都是昂然向上、刚毅挺拔、不卑不亢的。

虚心有节。郑板桥在另一首诗《竹》中写道："一节复一节，千枝攒万叶。我自不开花，免撩蜂与蝶。"这就是不矜不伐的虚心，这就是高情逸云的气节。

坚贞爱情。传说尧帝发现舜德高有才能得民心，不仅把帝位传给他，还把女儿娥皇和女英都嫁给他。舜帝南巡久而没有音信，姐妹俩便南下寻访。到了湘江边，得知舜帝已逝，姐妹俩悲伤欲绝、痛哭流涕，泪洒湘竹，呈斑斑点点。泪干了，姐妹俩双双投江殉情。后人叫这竹为斑竹，也叫湘妃竹，是坚贞爱情的象征。

胸有成竹。北宋有个著名的画家叫文同，家里栽种各种竹，他天天仔细观察，还常去野外竹林考察，从各个方位各个角度揣摩。有一天刮大风下大雨，他跑到竹林中端详竹在大风大雨中的各种姿态。由于他的观察投入、细致，他的竹画得栩栩如生，向他求画的人越来越多，其时的名流晁补之评论说："文同画竹，早已胸有成竹。"如今"胸有成竹"成了"自信"的代名词。

疏影幽篁。单竹清瘦，疏影摇曳，修竹成林，茂密幽篁，赏心悦目，令人浮想联翩。

无私奉献。竹浑身是宝，交通用品如竹筏，居家用品如竹席，建材用品如竹板，文化用品如竹简，学习用品如文具，工业用途如竹炭，造纸材料如竹浆，药用如竹茹、竹沥、竹叶，还可以制作工艺美术品以及其他实用的农具、炊具和餐具。竹笋营养丰富，含维生素 C、B_1 和 B_2 以及胡萝卜素、蛋白质、氨基酸、脂肪、糖类、钙、磷、铁。竹笋有鲜笋和笋干之分。最常见的是绿笋、麻笋和雷笋，还有甜笋、苦笋、秧笋、发笋、红壳笋等野生笋。竹的经济价值高，全国每年大径竹材总产值一般有 700 多亿元，如 2009 年仅竹产品出口额就约达 90 亿元，居世界第一。竹是竹林区林农的主要收入来源。

苏东坡爱竹，晋代大书法家王羲之的儿子王徽之对竹也是情有独钟，他无论住哪里，都要在院子里栽竹，无一日不观赏竹的风韵，他的书法浸润着竹的风骨。

郑板桥更是竹迷，他在题为《竹》的诗中写道："举世爱栽花，老夫只栽竹。"他在《题画竹》中写道："四十年来画竹枝，日间挥写夜间思。冗繁削尽留清瘦，画到生时是熟时。"他一辈子栽竹、画竹，竹的风骨、气节融于一身。

竹是生长迅速的乔木状禾草类植物，茎为木质，最高可达 40 米以上，最矮的仅 10 至 15 厘米，大多数种类生长 12 年以后开花结籽，时间长的则 120 年才开花结籽。竹的一生只开一次花结一次籽。

竹的地下茎也叫竹鞭，横着生长，一部分在地下，一部分长出地面，先是成笋，有春笋和冬笋之别。

竹的家族庞大。《农政全书》和《竹谱详录》记载"竹之品类六十有一，三百十四种"。现代资料表明，全世界竹类 70 属 1200 多种，我国 39 属 500 多种，具体的有四季竹、楠竹、毛竹、水竹、罗汉竹等。全世界竹林面积达 3.3 亿亩，我国就占有 7500 万亩。

明代万历年间，著名的出版商"集雅斋"老板黄凤池辑有《梅竹兰菊四谱》，从此以后，梅、竹、兰、菊被世人称为"四君子"。竹之高风亮节日益发扬光大，故而"宁可食无肉，不可居无竹"者与日俱增，因为，为君子者是读书人之所求，"士俗不可医"是读书人之所惧。我求、我惧，故我爱竹，自上山下乡于竹林如海的岭头大队就深爱了，如今更为挚爱！

留得清香在人间

菊花品种之多令人咋舌：全世界近 25000 种，全中国 3000 种左右，足见其家族"人丁"之兴旺。2014 年 10 月以来，福州西湖公园多次展出菊花，品种达数百种，黄、白、紫、红、粉、绿、墨七色如锦，花枝在微风中轻轻地摇曳，散发出阵阵沁人心脾的清香，赏花游客如织，双休日更是花如潮人如海。不必说，菊花观赏价值显而易见。

"采菊东篱下，悠然见南山"，陶渊明就这么轻描淡写的两句，便让菊花"隐士"的雅称自晋延绵至今；"帘卷西风，人比黄花瘦"，李清照的一声叹息，让菊花道出了多少寂寞、多少孤独、多少惆怅、多少伤感、多少哀怨，菊花何等的通人性啊！

在文人骚客的笔下菊花如此纤弱，但在伟人的笔下菊花则是刚强的标志、胜利的象征。1929 年 6 月，毛泽东在革命生涯中遇到相当大的困难，加上疟疾发作，几乎命丧黄泉，但他坚忍不拔，勇于面对，敢于斗争，最终战胜了病魔，战胜了困难，到了 11 月进入佳境，于是写下了千古名篇《采桑子·重阳》。其上半片是"人生易老天难老，岁岁重阳。今又重阳，战地黄花分外香。"喜悦之情，溢于言表。菊花竟如此知性！

唐朝末年，5 岁的黄巢就菊花脱口而出二句："堪于百花为总首，自然天赐赫黄衣。"成年后因进士累试不第，愤而作《题菊花》：

"飒飒西风满院栽，蕊寒香冷蝶难来。他年我若为青帝，报与桃花一处开。"借菊花寓意成就一番大业。他的另一首诗《不第后赋菊》中更透露出刀光剑影、杀气腾腾："待到秋来九月八，我花开后百花杀。冲天香阵透长安，满城尽带黄金甲！"菊花给黄巢以激励，后黄巢果然揭竿而起，"横扫千军如卷席"，把贪官污吏、黎民百姓一起扫，八百万人头落于"冲天香阵透长安"的屠刀之下。黄巢玷污了菊花的清名。

古人云："万事非财莫举。"菊花与人民币有缘，在财富的殿堂中有一席之地。君不见百元纸币的标志是毛泽东头像，壹元的标志则是菊花，由此可见菊花无言却人人敬之、爱之，何况，若是没有壹元又哪来的百元呢？

俗话说："菊花黄，螃蟹肥。"到了夏历九月、十月，菊花以它那金灿灿的色彩告知人们，"这时节的螃蟹最好吃，看你横行得几时，吃了你，大饱口福，看你怎么样！"菊花就像报时鸟一样，与人类多么亲近！

甘菊、杭菊、野菊等诸多菊花皆可入药。清代温病大师吴鞠通深知菊花之神效，针对"风温初起。但咳，身热不甚，口微渴"，请出菊花仙女（杭菊）协同桑叶大帅，招来连翘、薄荷、生甘草、苇根、杏仁、苦桔梗 6 位高手，组成"疏风清热，宣肺止咳"的精锐劲旅鏖战风邪温邪，所向披靡、攻无不克。

菊花美化环境令人赏心悦目，菊花给人宁静致远、洁身自好的启迪，菊花楚楚动人寄情思寓幽怨，菊花鼓舞斗志激荡豪情，菊花馥郁芳香象征人间的富贵，菊花为了人类的健康忍受烈火煎熬、粉身碎骨无怨无悔。菊花，以其迷人的丰姿、圣洁的灵魂，留得清香在人间。

辛 夷 花

"梦中曾见笔生花，锦字还将气象夸。谁信花中原有笔，毫端方欲吐春霞。"这是明代文人张新写的《辛夷》，说的是李白梦见自己才思泉涌、妙笔生花，后人便以"梦笔生花"赞誉作者才华横溢或极言作品的优秀。又说到前秦窦滔的妻子苏惠在锦上绣《回文璇玑图》诗，赠给丈夫，后人便称妻子给丈夫的书信为"锦字"或"锦书"，也泛指诗文优美。张新引用这两个典故并链接到木笔花，感叹花的世界之大品种之多，其状如笔一般的花独一无二，其"毫端方欲吐春霞"，把诗仙、才女和花中玉管交融到盎然的春意中，令人遐想联翩。

木笔花，药名辛夷花，处方也写作"辛而"，别名望春花。野生的少栽培的多，山东、河南、陕西、江西、湖北、四川等地广泛栽培，一般高3至4米，早春三月开花，花蕾紧凑，鳞毛整齐，花色由白而粉而紫。

辛夷花的传说很多，其中樵夫义救秦秀才的故事流传最广。

古时候有个姓秦的秀才。这个"秀才"是战国时期"优秀人才"的称谓，类似于后来西汉时期的"举秀才"活动产生的"秀才"（东汉的刘秀当皇帝时，因避讳而将"秀才"改称为"茂才"），有别于隋朝实行科举制度后具有功名意义的"秀才"。秦秀才得了一种病，头痛、鼻塞，有时鼻孔里流出脓样的臭不可闻的鼻涕，也就是现代

医学所说的鼻窦炎。秦秀才四处求医，无法治愈，其妻女难以忍受他鼻孔里透出的臭味而嫌弃他，他痛苦到生不如死。有一天，他跑到一棵大树底下准备自缢，一个樵夫发现了，问他为何轻生，他倾诉之后，樵夫遥指一座山，说那座山的树枝上结着像笔一样的花蕾，可治其病。秦秀才采回一些连服数天，痊愈了。他再去采了些种子栽种。树长大后，他用像笔一样的花蕾给人治疗，皆得奇效。有人问这药名是什么，他想了想，当年樵夫指点他，他给银两，樵夫拒收，念了四句："老夫认柴不认药，救人一命值几何？心诚意恳香扑面，活命自不惧怕了。"据此，秦秀才便命名其为"心意花"。后人传来传去，就传成了"辛夷花"。

战国时的楚国大夫屈原在《楚辞》中写道："辛夷楣兮药房。"可见2000多年前辛夷花已入药，这同秦秀才用"心意花"治鼻窍病的时间相吻合。传说中的樵夫和秦秀才治疗鼻窍病，实则意指战国时民间早已懂得用辛夷入药了，且和屈原写的"辛夷楣兮药房"相互印证。成书于东汉的本草经典《神农本草经》中已记载了辛夷，可见1700年前辛夷已是经典的中药。辛夷的临床应用从单方发展到后来的复方，见于宋代著名医家严用和撰的《重订严氏济生方》。清代医家汪昂编的《汤头歌诀》收入本方："辛夷散里藁防风，白芷升麻与木通，芎细甘草茶调服，鼻生息肉此方攻。"本方的君药是辛夷、细辛、白芷，辛夷味辛性温，归肺、胃经，散风寒、通鼻窍，主治感冒、鼻渊、头痛，是重中之重，三味药合力发散风寒、通利鼻窍；臣药是羌活、防风、藁本、升麻，四味药合力配合君药辛散在表之风寒；佐药川芎祛风止痛、木通利湿化浊；使药甘草调和诸药。

辛夷入《神农本草经》，辛夷散入《重订严氏济生方》并被汪昂编成歌诀收入《汤头歌诀》，足见辛夷和辛夷散在中医药史和临床上的重要地位。

辛夷对国人而言尤为必需，为何？因国人天生鼻中隔偏曲，极易患鼻窦炎、副鼻窦炎、鼻炎、过敏性鼻炎，即李时珍在《本草纲目》中所说的"鼻渊、鼻鼽、鼻窒、鼻疮、鼻痘后鼻疮"之类的传统医学上的鼻腔疾病，故而人工栽培辛夷成为一项重要的药业产业。如河南省的南阳南召，辛夷种植面积 20 多万亩，产量 120 万公斤，占河南省辛夷总产量的 80%、全国的 40%，被誉为"中国辛夷之乡"，给当地药农带来数千万元的经济效益。

"辛夷花发白如雪，万国春风庆历时。"（宋·王安石《书堂》）号称世界最大的"药王谷"，位于四川省北川县海拔 1400 米以上的桂溪乡，相传药祖岐伯和药王孙思邈在此采过药，当地老百姓至今还流传着供奉药王菩萨的习俗。尤为引人注目的是，这里野生连片数千株的辛夷。每年，待辛夷即将"花发白如雪"，县政府就于 3 月 20 日至 30 日举办举世闻名的"辛夷花节"，引来海内外无数游客沉浸在馥郁芬芳的花海中，足见其观赏价值何等之高。

"紫粉笔含尖火焰，红胭脂染小莲花。芳情乡思知多少，恼得山僧悔出家。"白居易的这首《咏辛夷花》，极言浑身是宝而默默奉献的辛夷花热烈而质朴、艳丽而不妖媚、高昂而素洁、深沉而又撩人。如此独特的丰姿，连遁入空门的僧人都因之而后悔出家，何况凡夫俗子的我们？我们还有什么理由不热爱辛夷不同凡响的崇高品格呢？还有什么理由不热爱无价的芳情乡思和美好人生呢？

铁树开花遍界春

　　耸立在福建省柘荣县柳城东面的东山（亦称东狮山）是著名的旅游景区太姥山的主峰，是省级旅游胜地。东山巍峨、挺拔、雄伟，若从南面看，就像一匹即将奋蹄奔腾的骏马。岩厝、土地岩、三曹院遗址（现普光寺寺址）、马凹（即马背）、墓岚里谢家先人遗址、百丈岩、龙井岗、何仙姑洞、马仙姑洞、仙洞双泉、仙人锯板、尖峰顶、鬼洞岩……千姿百态的自然景观，错落有致地镶嵌在叠翠的峰峦中。东山有无数优美的故事，也有令人惊怵的传说，如鬼洞岩传说，在柘荣县家喻户晓。

　　很久很久以前，有个名叫陈小二的人去骊山学法，他的女儿去东山采野笋，被鬼洞岩里的厉鬼糟蹋了。陈小二学法功成归来，得知女儿遭遇不测，便打上鬼洞岩要和厉鬼斗法。厉鬼自知不是陈小二的对手，任由陈小二如何叫骂、激将，躲在洞里就是不出来。陈小二一怒之下，钉死了鬼门。厉鬼在洞里叫嚣："你钉你的，霞浦崇儒还有一个出口，我们还会出来的，不怕你！"陈小二立马赶到崇儒钉死了这个洞口。厉鬼害怕了，问道："什么时候让我们出去？"陈小二回答："铁树开花！"毫无疑问，这些厉鬼被陈小二判了"无期徒刑"。

　　我儿时听了这个故事，非常害怕铁树开花，便问父亲："铁树什么时候开花？"父亲说："铁树不容易开花。'铁树开花'比喻千载难逢或者办不到。世上没有鬼，鬼是坏人的代名词。"

铁树长什么样子呢？

铁树坚硬如铁。植物铁树别名凤尾蕉等，学名苏铁，属苏铁科，因其茎坚硬如铁而得名。其叶片绿、长、尖，如孔雀开屏。雌花紫色、淡红色、淡黄色交错，圆柱花序，雄花密生黄色绒毛，卵状圆柱形或长圆形，"男女有别"。

铁树家族庞大，四海为家。主要分布在亚洲东部及东南部、大洋洲及马达加斯加等热带和亚热带地区。我国的福建、台湾、海南、广东、广西、四川、云南等地也有一些品种，如华南苏铁、台湾苏铁、海南苏铁、篦齿苏铁、云南苏铁、贵州苏铁、光果苏铁、四川叉叶苏铁等。

铁树历史悠久，生命力强。科学家研究表明，2.8亿年前，地球上就出现铁树了，许许多多的生物都灭绝了，而铁树则顽强地繁衍下来，足见其生命力之顽强。铁树是绿色植物中的老寿星，通常可存活200年左右，最长寿的可达4000多岁。

铁树浑身是宝。铁树的根、茎、叶、花、果皆可入药，对血液病效果尤佳。铁树含有的铁树素以及新铁树素甲、乙，具备抗癌活性，其嫩叶和种子可食并可抗癌。

铁树健硕芬芳，极具观赏价值。铁树可为盆栽，更多的是野生或者人工栽培，大都高大健美壮硕。例如，贵州茅台酒厂厂区巨大的"国酒铁树王"，是由198株大小不一的铁树组成的，已被选入世界吉尼斯之最。福建省后坊村上庙自然村一株树龄达4000多岁的老铁树，高6米，直径3米，树干两人合抱，重20吨，极其罕见，花开时，馥郁芬芳，养目养心。明代王济《君子堂日询于镜》写道："吴浙间尝有俗谚云，见事难成，则云须铁树开花。"还有几句歇后语形容铁树开花，如"铁树开花，哑巴说话——难遇""铁树开花——千载难逢""铁树开花——好事难盼""铁树开花——无结果"

"千年铁树开了花——万年枯藤发了芽"。一般而言，铁树从幼苗生长到十几年后才能开花，而后每年开一次花，花期可达 1 至 2 个月，较之绝大多数的花类，实属难得。四川攀枝花市有一片 10 多万株高耸昂然的野生铁树林，是世界上绝无仅有的奇观。每当铁树花开时，那一根根黄色、紫色、红色的"玉米棒"交相辉映，在微风的吹拂下，花的海洋波纹荡漾，芬芳沁人心脾。市政府应时顺势举办"苏铁观赏节"，引世界各地无数游客前来观赏，怡情养性，发无限之感慨。

宋代名僧释守净《偈二十七首其一》云："流水下山非有意，片云归洞本无心。人生若得如云水，铁树开花遍界春。"行云流水无拘无束、自由自在，为人一世若能如云如水，便可达到最高境界，享受最惬意的人生，铁树开花，这世界将更加美好。

花发金银满架香

　　"春蚕到死丝方尽，蜡炬成灰泪始干"（唐·李商隐），"落红不是无情物，化作春泥更护花"（清·龚自珍），"寄意寒星荃不察，我以我血荐轩辕"（鲁迅），这些诗句都是自我牺牲精神的写照。古往今来，有关自我牺牲的悲壮凄美的故事，汗牛充栋，金银花来历的传说便是其一。

　　传说很久很久以前，一种不知名的瘟疫降临人间，有一个村子除了一个名叫金哥的男孩和一个名叫银妹的女孩没有得病，其他人都病倒了，体弱的死了好多个，人心惶惶。金哥和银妹很着急，四处找药。村里最年长的一位老人说，离村子500里外有一座百药岭，岭上500丈高的悬崖顶上有个仙翁，他知道一种能够治愈瘟疫的药。金哥和银妹听罢就长途跋涉，到达仙人所在的悬崖顶上。正在观望时，来了一位鹤发童颜的老者，笑而问道："孩子们，你俩是找我要救命药的吧?"金哥和银妹立马下跪称是，老者给金哥一粒黄色种子，给银妹一粒白色种子，教他俩用水泡至种子发芽开花，喝下水，家人就都会痊愈。金哥和银妹问道："乡亲们呢?"老者说："要想所有的人都痊愈，你俩得吞下种子变成会开花的药才行。"金哥和银妹回村里后，争着要吞种子，结果金哥吞黄色的，银妹吞白色的，两人倒地后，一个变作黄色的花，一个变作白色的花，两条藤连在一起。人们闻到了花的香味，病都好了。金哥和银妹的父母以及乡亲

们见不到他俩，便知道这救命花是他俩变成的，就叫这花为金银花。

"金虎胎含素，黄银瑞出云。参差随意染，深浅一香薰。"（清·王夫之）写的是金银花如瑞气出祥云，参差错杂随意开放，香气袭人。金银花正名忍冬，又名银藤、金银藤、二宝藤、子风藤、鸳鸯藤等。因其花初开为白色，后转为黄色，李时珍的《本草纲目》中"忍冬"名下称为金银花。临床处方用名为金银花之外，还有银花、二花、两花、双花、二宝、两宝、双宝、忍冬花等名称。

金银花在北美洲是难除的杂草，一文不值，在日本、朝鲜、中国，无论是野生的还是种植的，都是宝。广东、江西、湖北、陕西、湖南、河南、山东多个省份都有种植。河南封丘种植历史有1500多年，种植面积达1万多亩；山东临沂市平邑县于1996年3月被命名为"中国金银花之乡"，其金银花的野生品种居多，包括种植的在内，总面积达50多万亩；湖南隆回县种植金银花30多万亩，干花年产量万吨以上，占全国总产量的60%，2001年8月被国家林业局授予"中国金银花之乡"，成为全国第二个"金银花之乡"。

曾经有权威部门把金银花更名为山银花，给某些地方造成巨大的经济损失。有人为此状告某权威部门以及有关人士，最终厘清了金银花和山银花的不同点和相似点并进行了科学的定位，最终平息了争议。

"银翘散主上焦医，竹叶荆牛薄荷豉。甘桔芦根凉解法，风温初起此方宜。咳加杏贝渴花粉，热甚栀琴次第施。"（清·汪昂《汤头歌诀》）方中连翘、银花各1两（30克），苦桔梗、薄荷、牛蒡子各6钱（18克），竹叶、荆芥穗各4钱（12克），生甘草、淡豆豉各5钱（15克）。银花、连翘为君药，银花乃重中之重，其味甘性寒，归肺、心、胃、大肠经，清热解毒、疏散风热，根据症状配伍，治疗上呼吸道感染、急性泌尿系统感染、细菌性痢疾、高血压等40多种疾病。臣药为荆芥穗、淡豆豉，佐药是芦根、桔梗，甘草为使药，视病情实际加减。这个方出自《温病条辨》（清·吴鞠通）："太阴风温、温热、温疫、冬温，但热不恶寒而渴者，辛凉平剂银翘散主之。"吴鞠通是温病大家，《温病条辨》是温病经典著作，银翘散是经典方剂，金银花是治疗温病初起的药中之王。吴鞠通在其《温病条辨·序》中说道："学医不精，不若不学医也。"一代名医吴鞠通，仅就其首创的银翘散一方就救人无数，银翘散中的金银花起到了巨大的作用，美丽的传说就是对这味药的献身精神的讴歌赞颂。

"金银赚尽世人忙，花发金银满架香。蜂蝶行行成队过，始知物态也炎凉。"（清·蔡淳《金银花》）金银花白而黄，布满花架，飘溢着芬芳，酿蜜的蜂儿和采花的蝴蝶，成群结队地扑向盛开着的金银花，攫取了它们之所需。金银花以它的花蜜奉献于蜂蝶，以它的美丽取悦于人类，以它粉身碎骨的精神拯救人类。人人若都具有金银花的自我牺牲精神，世界必将变成美好的人间。

牵牛花呀牵牛花

牵牛花呀牵牛花，

爬上竹篱笆，

一朵一朵小喇叭，

小呀小喇叭，

嘀嘀嗒嗒、嘀嘀嗒嗒，

嘀嘀嗒嗒，

吹得大家笑哈哈，

笑呀笑哈哈、笑哈哈。

这首童谣唱出了一朵朵像小喇叭一样的牵牛花，给孩子们带来了欢乐。其实，大人们也是非常喜欢牵牛花的，正如俗话所说的："秋赏菊，冬扶梅，春种海棠，夏养牵牛。"人们何以如此钟爱牵牛花呢？因为牵牛花的来历不寻常。

很久很久以前，一对美丽而善良的孪生姐妹，有一天去刨地，刨呀刨，刨出一个白光闪闪的银喇叭。姐妹俩正在惊疑时，一位皓首白须的老者突现眼前，告诉她俩，金牛山的一个山洞里有 100 头金牛，这喇叭是开山洞门的钥匙，进洞里抱一头金牛，一辈子不愁吃不愁穿，但这个喇叭不能吹，一吹，金牛就都会变成活的跑出洞来。说罢，老者消失得无影无踪。姐妹俩知道是仙人指点，便商量好开了山门把喇叭吹起来，让金牛变活牛，再分给穷乡亲们。进了山洞，果然，100头金牛闪闪发光，十分可爱。姐姐使劲吹起喇叭，金牛全都活起来往洞外跑，最后一头卡在山门进出不得，姐妹俩合力把卡住的牛推出山洞。说时迟那时快，山门闭合，姐妹俩出不去，被太阳光一照射，变成了喇叭花。人们为了纪念舍己为人的姐妹俩，便把喇叭花称作牵牛花。牵牛花长在原野上，长在路旁田边，人们爱之如珍宝，扎起篱笆栽种，枝叶蔓延，花开蓝的、紫的、桃红的、绯红的，赏心悦目。

"本草载药品，草部见牵牛。"（明·吴宽）牵牛花的叶、花、籽都可入药。牵牛籽有黑白两种，白的昵称白丑，黑的昵称黑丑，其实它们并不丑，丑是反话而已，为的是给人以更强烈的美的感受。

喇叭花之所以叫作牵牛花，之所以可以入药，还有一个传说。

从前，河北晋州府有个叫李庄的地方，庄里有一个名叫李虎的富人，他历来身强力壮，后来不知何故，或者是由于长期喝酒的缘故，肝硬化而腹部鼓胀，到处求医而无法治愈。其妻听说山西路州有一个老郎中能治此病，便赶到老郎中家。老郎中听罢主诉，开了个单方——"喇叭花的籽"，并嘱剂量和服法。李妻回家遵医嘱给李虎服了几剂，个把月后鼓胀消退，经过进一步调理，李虎完全康复。他牵了一头牛挂上红彩，跋涉到老郎中家，献给老郎中，以表谢意。他问老郎中如此灵验的药有何芳名，因其时喇叭花并无药名，老郎中一时说不出，便想了想，脱口而出："喇叭花的籽治好你的病，你牵着牛，这药就叫牵牛，这药的花就叫牵牛花，它的籽叫牵牛花籽，一白一黑，就叫白丑、黑丑。"

按生物学上的说法，牵牛学名牵牛花，别称喇叭花、碗小花等，还有个有趣的名字叫朝颜，有小毒。白丑和黑丑可合用入药，也可分别入药，但临床医生常用黑丑。比如清代名医徐大椿的医学著作《医略六书》中的"黑丑散"的君药就是黑丑，主治孕妇心痛，症见

脉沉弦紧者。还有一个名方见于金代名医张从正的《儒门事亲》，方名叫"禹功散"，取大禹治水有功之意，仅黑丑、茴香两味药，研末调姜汁，临睡前服，可治腹水或便秘等。

黑丑为单方，民间常用，如湖北十堰市一带的老百姓就常用其治疗大便不通腹胀，用得当，效果甚佳，用不当就会出问题。例如，一户十堰市山区的曹姓人家在浙江温州打工，1岁的女孩发烧、肚子胀、大便拉不出，奶奶根据老经验，炒了10粒从老家带来的黑丑研粉给孙女服，因剂量太大而致婴儿中毒，幼小的生命危在旦夕，幸好及时送往医院，救治得力而痊愈。喇叭花好看，若是用之过度，可能会招来杀身之祸或招致牢狱之灾。例如，福建省永春县的黄某，其妻和女儿以及小姨子久咳不愈，他听说牵牛花治咳有特效，便采了30多朵交给妻子，妻子自己又采了20多朵，熬汤后服用。女儿喝的量少，只是头晕、脸红、呕吐，休息些时无碍。小姨子服量多些，症状严重，送医院抢救生还。妻子因喝过量而抢救无效。黄某因过失致人死亡，被追究刑事责任。

"卉中深碧斯为最，绣蝶红蜻宿近枝。巧补疏篱阴漠漠，善缘高竹实累累。满承秋露瑶杯莹，半敛朝阳翠袖欹。入药性寒君莫弃，良医疏滞用随宜。"这首题为《牵牛花》的七律是宋代诗人舒岳祥的佳作，诗中说：牵牛花之美乃卉中之最，招蜂引蝶惹蜻蜓。盛夏之际可巧补疏篱遮阴，蔓延高攀时籽实累累。喇叭花儿如同晶莹剔透的酒杯盛着瑶池琼浆玉液，令人陶醉，斜倚着用翠绿色的衣袖半遮阳光的照射。这是寒性药，劝君不可轻视，只有良医才能得心应手地疏解破滞。

牵牛花是美丽的，牵牛花是无私的，牵牛花对人类的贡献是巨大的，然而，消费过度了，就走向反面。世间一切事物，都具有牵牛花一样的正反两面性。不是吗？"牵牛花呀牵牛花"！

东风香吐合欢花

　　"东风香吐合欢花，落日乌啼相思树。"（明·袁宏道）合欢花淡淡的清香迎面扑来，它的前世今生渐渐地浮现眼前。原来，合欢花也叫苦情花，有着感人肺腑的故事。

　　从前，一对恩爱夫妻出游湘江边，丈夫突然失踪，妻子心急如焚，四处寻找。几天后，江面浮出一具尸体，妻子认得是丈夫，原来丈夫失足落水身亡。妻子悲伤欲绝，纵身投江殉情。次年江边苦情树开出鸳鸯花，人们为纪念这对恩爱夫妻，管这花叫合欢花。

　　还有一个传说更是跌宕起伏、曲折离奇。

　　很久以前，安徽歙州有个名叫樊宗仁的才子，家境贫寒，但他仪表堂堂，才华横溢，远近闻名。这个地方有个姓林的员外，他的女儿林莺儿知书达礼、品貌端庄，追求她的达官贵人的公子、豪商巨贾的子弟络绎不绝，但莺儿都对不上眼，偏偏爱上穷书生樊宗仁。林员外是个明白人，也很看好这个年轻人的才情，便将女儿许配给他。

　　两年后秋考，樊宗仁中进士，任浙江余姚县令，倒有庞统当知县的才能，公务处理得高效而有条不紊，百姓交口赞扬。

　　当地有个恶霸金大虎，倚仗家人在朝廷当大官，无恶不作。一日，他见沈老秀才的女儿貌若天仙，便令手下爪牙抢到家中，奸淫至死。沈老秀才向县衙状告金大虎，樊宗仁立马将金大虎打入监牢。

尚未升堂审问，金家就送来一千两银票，并说还另有重谢。"银子是白的，眼珠是黑的"，樊宗仁当年穷怕了，一时财迷心窍，收下了厚礼，释放了金大虎，还以诬告的罪名将沈老秀才抓捕入狱。众百姓哗然，纷纷责骂樊宗仁贪赃枉法。莺儿得知丈夫如此不堪，劝其应当为官清廉，樊宗仁却说"千里为官只为财"，一意孤行。莺儿绝望而悬梁自尽，樊宗仁猛醒，悲痛欲绝，痛定思痛，释放沈老秀才，退还银票，将金大虎重新收监，并先斩后奏。

林员外久无女儿音信，甚为挂念，一日傍晚，突然见女儿手挽包袱回家。林员外急问女婿为何没有同归，莺儿说他公务繁忙，问为何步行，答轿夫已打发走了。

樊宗仁得知妻子回娘家，便辞官回故里。问其因何健在，莺儿告知是鬼魂，樊宗仁告知已秉公断案，辞官回。夫妻和好如初，林员外让女婿打理绸缎庄。次年樊宗仁与鬼妻林莺儿生下一男，取名樊林。樊林天分高，读经背诗，过目成诵。

一日，莺儿倒地，对樊宗仁说夫妻缘分已尽，望夫君抚养儿子成才，说罢化作一缕青烟散去。樊林放学回家不见母亲，樊宗仁告知真相，并要儿子与之同往余姚迁回莺儿的尸体。到了余姚开棺，见莺儿面色如生，运回安葬。

林员外夫妇已去世，樊宗仁请托可靠的朋友打理绸缎庄，他专心辅导儿子功课。

樊林争气，中状元，衣锦还乡，樊宗仁告知他得知妻子自尽，便幡然醒悟，放了沈老秀才，杀了金大虎，也随其妻自尽了，沈老秀才等人将其埋到金大虎家人找不到的山野里，现求儿子与他的阴魂同去，把尸体运回和妻子合葬。说罢不见人影，剩地上一堆衣服。

樊宗仁和林莺儿合葬的墓地，第二年盛开成对的粉红色的不知名的花。谁家夫妻闹矛盾，采了这花泡茶喝，就和好如初了。人们就叫它合欢花。

合欢花的传说还有很多，人们喜爱它，是缘于合欢花美丽、清香，是夫妻恩爱的象征。合欢花是临床上的一味好药，对人类的贡献大。《神农本草经》记载：合欢花"主安五脏，利心志，令人欢乐"。

合欢花常与夜交藤"相须为用"。夜交藤和合欢花一样有很多故事，如：很久以前，有个名叫星儿的酒鬼，58岁了还没有成家，原因是他的生理有缺陷，按今天的话来说属于非器质性的性功能障碍。有一天晚上，他酒醉回家，途经一处，见一棵藤状树的两根藤自动交合，一阵子后分开，分合数次。他觉得奇怪，便采回泡酒喝，结果生理上发生了积极性高起来的变化。他把这奇闻说给别人听，有个懂本草的人说，这叫夜交藤，是何首乌的藤，与合欢花合起来效果更好。星儿遵嘱，一段时间后，居然强烈地想成家，便娶了个寡妇，一连生了6个男孩子。

文学很夸张，民间文学更夸张，但合欢花的临床效验确实比较可靠。《本草拾遗》还指出合欢花会"杀虫"，《本草纲目》说合欢花会"和血、消肿、止痛"，有安眠作用。合欢皮行水消肿作用大，常用于肾炎水肿或肝硬化水肿、腹胀等病症的治疗。

"不见合欢花，空倚相思树。"（清·纳兰性德）昂然挺立、可高达16米的乔木合欢花，原籍美洲南部，后来有一部分不断乔迁，先后落户非洲、亚洲、大洋洲，如今已成为澳大利亚的国花。我国的华东、华南、西北部分地区都能见到合欢花的笑脸。然而，月明泉暗，暑往寒来，合欢花悄然匿迹，斜倚相思树，仰望穹隆，不禁黯然神伤：何时又见"东风香吐合欢花"呢？

厚朴花开赛玉兰

厚朴温中陈草苓，

干姜草蔻木香灵，

煎服加姜治腹痛，

脘腹胀满用皆灵。

清代汪昂编的《汤头歌诀》中的这首方剂是厚朴温中汤，出自金元时期脾胃病大师李东桓的《内外伤辨惑论》。这剂经典方剂，由厚朴、陈皮、甘草、茯苓、干姜、草蔻、木香七味药组成，其功用温中行气、燥湿除满，主治脾胃寒湿气滞症。方中的厚朴是君药，举足轻重，因其性微温，味苦，气香，归脾、胃经，能理气、化湿，用于胸脘脾闷胀满、纳谷不香，乃脾胃之圣药。

厚朴究竟是何方神圣，作用如此之大？

天帝爱凡间的黎民百姓，更爱太子厚朴，他精心培养厚朴，经常带他出行。有一天途经四川土家族地界，厚朴见到小伙子和姑娘们在无忧无虑地唱呀跳呀，他很羡慕，同时也喜爱土家族美丽善良的姑娘。厚朴感到天堂虽然富丽堂皇，但不如凡间自由自在，很想在凡间生活。天帝说："你贵为天帝的太子，岂能和凡夫俗子混在一起！"厚朴坚持要扎根凡间，天帝拗不过他，只好迁就，让他在凡间受点苦也无妨，于是手一甩，厚朴就落脚在一座小屋旁。天帝回到天庭，思儿心切，茶饭无心，派天兵天将下凡召回厚朴。天兵天将见到厚朴，告知天帝要召他回天庭，厚朴坚称不回，天兵天将也就不来硬的，问厚朴需要什么帮助。厚朴说："凡间的穷人多，我想帮他们脱贫。"天兵天将建议给厚朴服用仙丹，让厚朴浑身变宝，穷人就可以从厚朴身上得到好处，但这样厚朴就永远回不了天庭了。厚朴说情愿。服了仙丹后，他香气飘溢，周边的住户个个神清气爽、食欲大振、睡眠安稳、体力倍增。人们还用他的太子袍（厚朴皮）治病。

厚朴的子孙众多，从四川发展到湖北、浙江等地，其别名如川朴、温朴、庐山朴、如意朴等，多达 30 个，其花叫作厚朴花、川朴花、温朴花、朴花、调羹花。

有个叫牧之的写手，搜集了大量有关厚朴和厚朴花的民间故事，加以丰富的想象，写成了剑侠小说《厚朴花传奇》。该小说说的是：某日，江湖上盛传蜀中某地有一株厚朴，在冬日开花，异香四溢，能解百毒，若是能得到，不但百毒不侵，而且内功倍增，同时还可得到天下无敌的武功秘籍。各路英雄好汉、武林高手无不想得到厚朴花和武功秘籍而称霸天下，于是，一场刀光剑影、腥风血雨的搏杀，席卷武林，风起云涌……

小说是文学作品，源于生活，高于生活，剑侠小说更是夸张，甚至夸张到离谱，不过，那是表达一种思想，表达一种感情。现实中的厚朴花入药的疗效，同厚朴皮相差无几，若是和合欢花、扁豆花、玫瑰花、代代花相须为用，这五朵金花便为上乘的保健品。且看各朵金花的看家本领：

厚朴花性微温味苦，理气化湿，敦厚质朴，乃大姐之风范。

合欢花性平味苦、无毒，舒郁理气、安神活络，诗曰："朝看无情暮有情，送行不合合留行。长亭诗句河桥酒，一树红绒落马缨。"历尽磨难的合欢花，给人以欢乐，留给自己的是苦情，这是二姐的

高风亮节。

扁豆花性微温、味甘，健脾化湿。清代学者查学礼的一首小诗是如此描写的："碧水迢迢漾浅沙，几丛修竹野人家。最怜秋满疏篱外，带雨斜开扁豆花。"三姐娇小玲珑、含羞带泪的小家碧玉风采煞是怜人。

玫瑰花性温，味甘、微苦，理气解郁、和血散瘀。"杨柳萦桥绿，玫瑰拂地红"，唐代诗人温庭筠在《舞曲歌辞·屈柘词》中描写了柳绿玫瑰红、别有洞天的美景。四姐玫瑰花，誉满大地。

代代花性微寒，味苦、酸，行气宽中、消食化痰、疏肝理气、和胃止呕。小妹人小本领大，堪称"代代花神"。

五朵金花如何组合呢？民间配伍的剂量是：厚朴花3克、合欢花3克、扁豆花3克、玫瑰花2克、代代花2克。泡开水喝，和胃、和血、健脾、化湿、理气，神清气爽增食欲。

玉兰花开，亭亭玉立、素装淡裹、皎白晶莹，厚朴花开，亦是淡雅，然而清香随风扑鼻，更是令人飘飘欲仙，故有"厚朴花开赛玉兰"之美誉。较之玉兰，厚朴的药用价值体现了经济价值，自然也是"赛玉兰"。浙南松阳县梨树下村有个名叫张美献的人，1877年出生，1958年去世，他的一生和厚朴结下不解之缘。张美献出生于专卖厚朴的药商世家，由于几代人的经验积淀，他创立了全国独一无二的"盘香朴"品牌，分成天、元、亨、利、贞五品。天字号售价每斤4个银圆，价格高于同行，但供不应求，缘于其质量上乘、疗效显著，年销售量可达5000多斤，进项上万银圆。"厚朴张"名闻遐迩，成为巨富，但他如同厚朴，厚德载物、质朴无瑕，致力于公益事业，毫无保留地将技艺传授给当地的加工户，共同致富。

厚朴不恋天庭爱苍生，厚朴粉身碎骨为苍生，"厚朴花开赛玉兰"，厚朴花香沁心脾，这不就是厚朴厚德载物的美德？

红花颜色掩千花，任是猩猩血未加

师传红花霹雳散，
大黄雷丸三味研。
少女壮妇皆可用，
只因真气未离散。

这是明末清初《傅青主女科》一书中"妇人鬼胎"的一首方歌，方剂由红花、大黄、雷丸三味药组成，红花乃君药，重中之重。此外，治"鬼胎"还有"荡鬼汤""荡邪散"和"调正汤"3种方剂。

"鬼胎"是怎么回事？清代著名医家汪昂在其方剂学巨著《医方集解》中有过详细介绍。他说妇女大肚子，很像怀孕，但过了一年没有生孩子，过了两三年还是不会生，这就是鬼胎。怀鬼胎的妇女必定面黄肌瘦。鬼胎怎么怀上的呢？一定是素来梦中和鬼交媾，或者进神庙烧香而产生交媾的邪念，或者游山玩水中"野合"，这都能引来鬼祟成胎。交媾后很长一段时间没有身孕的感觉，时间长了，肚子就慢慢隆起。其实这是怪胎或者腹中肿瘤之类的疾病，病因复杂，并非所谓的"鬼胎"，古人由于科学水平的局限，只能如此解释。

"三十八岁尽可死，栖栖不死复何年？"这是明亡之后，傅青主在其《甲申守岁》一诗中表达的因亡国而痛不欲生的爱国情怀。傅

青主（1607—1684），名叫傅山，字青主，号石道山人，阳曲（今山西太原）人，出身士大夫家庭，家学渊源深厚，自幼习儒，通经、史、佛、道，工书画、金石，擅长岐黄之术。傅青主 14 岁补博士弟子员，因目睹官场腐败，绝意科举，立志学医。明崇祯九年（1636），他的老师、山西提学袁继咸被诬陷入狱，他不顾身家性命，伏阙讼冤，袁继咸的冤情得以昭雪，他因此而名噪全国。明朝灭亡后，他换上道装、朱衣黄冠，归隐山林，自号朱衣道人，以表对朱明王朝的忠心，并以实际行动抗清。顺治十年（1653），傅青主因涉及宋谦反清案入狱，一年后由其门人鼎力相救而获释。到了康熙年间，开明的康熙皇帝讲究民族团结，注重统战政策，笼络汉儒，征举傅青主博学鸿词，傅青主出于无奈而进京，但拒不应试，以死明志。清廷宽大为怀，仍予特授中书舍人，傅青主还是坚辞，集中精力矢志岐黄，最终总结出女科临床经验，编成《傅青主女科》一书两卷，后人于道光七年（1827）刊出。

红花在这部经典的妇科专著中举足轻重。

红花活血味辛温，
火焙还教用酒喷。
遍体疮疡苗可捣，
天行痘疹子颜容。
宣通枯闭经中滞，
救转空虚产后昏。
记取当归常共用，
不愁燥粪结肛肠。

这首打油诗比较全面地概括了红花的性、味、加工炮制、功效、主治、配伍。

"医圣"东汉张仲景在其《金匮要略》中说道，"红蓝花酒"即红花泡酒能"治妇人六十二种风及腹中血气刺痛"。妇人 62 种风中，"产后昏"最为凶险，是古代产妇的凶残杀手，红花用得当，往往有回天之力。宋代浙江奉化名医陆酽医术高超、医德高尚，远在数百里外的绍兴新昌一妇人"产后昏"险象环生，家人延请陆酽救治，陆酽只用红花几十斤煮汤熏蒸，产妇便起死回生。

> 草藏两红花，
>
> 科异效却同。
>
> 破行量权衡，
>
> 散瘀活血功。

　　这四句门诀说的是红花有草红花和藏红花两种，虽然不同科，但功效相同，不过习惯说法是藏红花较之草红花稀缺、昂贵，疗效更高。

　　红花的今生前世是怎么样的呢？据传红花是张骞出使西域引进的，就是源于新疆。新疆的红花自然是草红花，西藏的红花是否藏红花呢？有人说藏红花并非产于西藏，而是产于欧洲、中东一带。这些国家和地区流传着许多关于红花的泣血故事。传说很久很久以前，阿尔卑斯山上有一个猎人，他和一对成年儿女住在一起。他去很远的地方打猎，很久以后才回家，可是他的一双儿女私奔成亲了。猎人气得痛哭流涕，一滴滴泪水变成了红花。希腊神话中的藏红花也是鲜血凝成的：一个年轻人，深深地爱上一个美丽迷人的女妖精，可是人妖之爱无果，年轻人为此而自杀。天神同情他，把他变成藏红花。传说有一个国王爱上一位美丽而善良的姑娘，送给姑娘珍贵的首饰。姑娘遇到一个乞丐，同情他的遭遇，便把首饰送给了他，小气的国王知道后，十分恼怒，砍断姑娘的一根手指，鲜血滴到地

上，长成了藏红花。后来那个乞丐发达了，娶了这位姑娘，过上恩爱幸福的生活。有一天家门口来了个乞丐，姑娘施舍他很多财物，原来这个乞丐就是落魄的国王。姑娘的手指复原了，这个国家的藏红花更多更红更鲜艳了。

"红花颜色掩千花，任是猩猩血未加。"（唐·李中）红花是血性的人们用鲜血凝成的，故而，没有一种花能比红花更红，即使最红的猩猩血也比不上红花的艳红；故而，红花为血中妙药就不足为奇了；故而，红花为血性的傅青主所钟爱就可想而知了。

后　记

　　我年少时就爱读科普作品以及其他文章。例如：很喜欢高士其、贾祖璋、董纯才、傅连暲、凡尔纳（法国）等人的作品，《十万个为什么》读得津津有味；鲁迅、唐弢、邓拓等人的杂文和秦牧的文艺随笔很爱读；许地山、孙犁、杨朔、冰心、郭风、何为等不同风格的作家的散文也很爱读。《古文观止》、唐诗宋词有兴趣，今人编的《今文观止》时有翻阅。读到一定数量，就有了写的冲动。尤其是步入暮年后，没有公务缠身，富余时间不少，为了打发时间，近4年来利用手机，信马由缰地写了2000多篇文章，其中一部分融散文、杂文、科学小品于一体，我认为是"三合一"文章。

　　收入这本集子的"三合一"文章共58篇，其中40篇写自然现象、10篇写树、8篇写花，大都做些科学常识方面的简单介绍，发些议论，发些感慨，放开描述，结尾收拢，尽量形散神不散，注意知识性、科学性、思想性、通俗性、可读性，努力做到行文流畅、一气呵成。效果如何，有待读者评价。

陈孙华

2018 年 11 月 26 日于福州